KB072646

상남자 스타일

상남자스타일 4
임영기 장편소설

초판 1쇄 찍은 날 § 2018년 3월 20일
초판 1쇄 펴낸 날 § 2018년 3월 27일

지은이 § 임영기
펴낸이 § 서경석

총괄팀장 § 최하나
편집책임 § 이지연
디자인 § 신현아

펴낸곳 § 도서출판 청어람
등록번호 § 제387-1999-000006호
등록일자 § 1999. 5. 31
어람번호 § 제1-2868호

주소 § 경기도 부천시 부일로 483번길 40 서경B/D 3F (우) 14640
전화 § 032-656-4452 팩스 § 032-656-4453
http://www.chungeoram.com
E—mail § chungeorambook@daum.net

ⓒ 임영기, 2018

ISBN 979-11-04-91683-0 04810
ISBN 979-11-04-91631-1 (세트)

4

FUSION FANTASTIC STORY

임영기 장편소설

상남자 스타일

도서출판 청어람

상남자
스타일

Contents

제25장
미가녀(美家女)

　선우는 귀국하자마자 압구정동 스카이파크오피스텔 1207호 작업실로 갔다.

　오피스텔에는 이종무와 우주희, 그녀의 애인 김인준, 그리고 선우가 김포공항에서 연락한 종태가 달려와 있었다.

　김인준은 방에 있고 나머지 세 사람이 더없이 반갑고 흥분된 얼굴로 선우와 선녀를 맞이했다.

　"우리가 해냈어요."

　선녀의 말에 이종무와 종태가 벌떡 일어나 선우의 손을 덥석 잡으며 기뻐했다.

"와핫핫! 뉴스 봤다! 우리나라뿐만 아니라 지금 전 세계가 그 일로 발칵 뒤집혔어!"

"선우 너, 굉장해! 야, 그걸 해내다니!"

우주희가 선녀를 부둥켜안으며 울음을 터뜨렸다.

"그걸 정말 해낼 줄은 몰랐어요! 대단해요!"

선녀는 자신에게 안겨 있는 우주희의 등을 쓰다듬었다.

"당신들이 직접 눈으로 봤어야 했어요. 말로는 표현할 수 없을 정도로 굉장했어요."

선녀는 우주희를 떼어내고 아련한 표정과 눈빛으로 선우를 바라보았다.

"선우 씨는 인간이 아닌 것 같았어요."

이종무가 빙그레 미소 지으면서 물었다.

"선우가 사람이 아니면 뭐였지?"

선녀는 꿈을 꾸는 듯한 표정을 지었다.

"천사… 아니, 신이었어요."

"너는 그걸 이제 알았구나."

이종무는 선녀에게 한 말이지만 우주희에게 한 말이기도 하다. 그는 일전에 우주희와 함께 한식당 앞에서 선우를 만났을 때 그를 '천사'라고 표현한 적이 있고, 그때 우주희는 무슨 말도 안 되는 소리냐고 반박했다.

한바탕 인사가 끝난 후 선우 등은 소파에 둘러앉았다.

선우가 모두에게 말했다.

"여러분 계좌로 특별 보너스를 송금했습니다."

모두가 화들짝 놀랐다.

"그런 것도 있는 거야?"

"그런 말은 없었잖아요. 도대체 얼마나 준 건가요?"

선우는 엷은 미소를 지었다.

"1억 원씩입니다."

이종무와 우주희가 놀라며 자리에서 벌떡 일어섰다.

"우린 굉장한 연봉을 받기로 했잖아요. 그런데 연봉의 70%에 달하는 특별 보너스라니… 너무 많아요."

"그래, 그건 너무 많다, 선우야."

선우는 미소를 지었다.

"여러분은 5조 원짜리 수익을 올렸습니다."

그는 우주희를 쳐다보았다.

"특히 주희 씨의 저스틴 비버는 홈런이었습니다."

선녀는 자신이 보잉757에서 들은 얘기, 즉 선우가 대한민국 굴지의 조선소에 DDG-1000을 위탁해서 그것보다 한층 신보한 구축함을 생산한다는 계획에 대해서 설명했다.

설명을 듣고 난 이종무와 종태, 우주희는 눈을 깜빡거리면서 마치 꿈을 꾸는 듯한 표정을 지었다.

잠시 후 이종무가 꿈에서 깨듯 신음처럼 말했다.

"야아, 그건 꿈에서도 생각하지 못했다."

종태가 비죽 웃었다.

"대가로 DDG−1000을 달라고 하는 건 상상했습니까?"

이종무는 고개를 절레절레 가로저었다.

"하긴, 그것도 상상 못 했지."

선녀는 두 손을 맞잡고 기도하듯이 말했다.

"5년, 아니, 빠르면 3년 안에 우리나라에서 건조된 더욱 발전한 DDG−1000을 볼 거라고 상상하면 가슴이 터질 것만 같아요."

선우는 미리 준비한 봉투 하나를 종태에게 내밀었다.

"종태 형하고 약속한 거야."

종태는 봉투 겉면에 성신그룹 SS전자라는 표식을 살펴보고 나서 궁금한 표정으로 내용물을 꺼내 살펴보았다.

"어……."

"마음에 들지 않으면 현금으로 줄게."

종태는 아무 말도 하지 못하고 눈을 화등잔처럼 부릅뜬 채 떨리는 손에 쥐어진 종이만 들여다보았다.

종이는 성신그룹 SS전자 주식 4,000주를 매입했다는 증서였다.

종태는 주식에 워낙 빠꼼이라서 오늘 SS전자 한 주당 거래

가격이 270만 원이라는 사실을 잘 알고 있다.

그게 4,000주면 시가 108억 원이다. 더구나 SS전자 주식은 자고 나면 몇만 원씩, 심할 때는 2, 30만 원씩 오를 때도 비일비재했다.

더욱 중요한 건 SS전자 주식은 사고 싶어도 시장에 나온 주식이 없어서 꿈의 주식이라고 불린다는 사실이다.

그것을 선우가 구해준 것이다.

"이거 8억이 더 왔어."

종태가 어눌하게 말하자 선우는 시크하게 웃었다.

"그저께 매입한 건데 이틀 만에 이자를 친 거지."

"8억이나?"

"그래."

"헐!"

"마음에 들어?"

종태는 선우를 와락 끌어안고 뺨에 마구 뽀뽀를 했다.

"선우야, 너 정말 천사 맞다!"

선우는 차분하게 말했다.

"종무 형님하고 선녀 씨는 내일부터 회사로 출근하십시오."

스팍스어패럴 한국 지사 디자인 총괄 팀을 말하는 것이다.

그는 우주희에게 물었다.

"별일 없었죠?"

"네."

우주희는 착잡한 표정을 지었다. 아무리 좋은 대우를 받고 선우 밑에서 일하기로 했어도 이렇게 매일 음지에 처박혀서 사는 것은 감옥살이나 다름이 없다.

대한민국 사람이 국정원의 표적이 되어 쫓긴다는 것은 대한민국 땅에서는 살기 어렵다는 뜻이다.

선우가 턱으로 방을 가리켰다.

"김인준 씨 나오라고 하십시오."

우주희가 애인 김인준을 데려와서 선우 맞은편 소파에 나란히 앉았다.

김인준은 긴장한 기색이 역력했다. 그는 선우에 대해서 아무것도 모르지만 자신의 운명이 그의 손에 달렸다는 것 정도는 짐작하고 있었다.

"두 사람의 수배는 조만간 풀어드리겠습니다."

선우는 자신이 마치 국정원장이나 된 것처럼 말했다.

그런데도 김인준을 제외한 모든 사람에겐 꼭 그렇게 될 것처럼 들렸다.

김인준만 그 말을 믿을 수 없다는 표정이다.

아직 줌왈트 팀에 적응이 덜 된 김인준이 긴장한 얼굴로 조심스럽게 물었다.

"어떻게 그럴 수 있는 겁니까?"

"방법을 묻는 겁니까?"

김인준은 똑 부러지는 성격인 듯했다.

"그렇습니다."

선우는 잠시 생각하다가 김인준에게 되물었다.

"어디까지 알고 있습니까?"

김인준은 우주희를 쳐다보면서 그녀의 손을 잡았다.

"주희가 상사의 명령에 불복해서 쫓기는 신세가 된 걸로 알고 있습니다."

"주희 씨가 어째서 상사의 명령에 불복했는지 압니까?"

김인준이 고개를 끄떡였다.

"북한에서 남파한 간첩을 안내하는 역할이었다고 들었습니다. 그리고 그 간첩들의 목적이 당신을 암살하는 것이라는 것도."

"그렇습니다. 주희 씨는 훌륭한 선택을 했으며, 그 덕분에 나는 큰 도움을 받았습니다."

선우는 진지한 표정을 지었다.

"나를 죽이려고 한 남파 간첩들은 대검찰청 공안검사에게 넘겨졌으며, 그가 이번 사건을 맡았습니다. 나는 그가 일을 잘 처리할 것으로 믿습니다."

"국정원 내에 불온 세력이 있는 겁니까?"

"그렇게 보고 있습니다."

"누굽니까?"

"자기야, 그런 걸 물으면 안 돼."

우주희가 김인준을 말렸다.

선우는 더욱 진지한 표정을 지었다.

"나는 국정원 불온 세력의 정점에 국정원장이 있을 것이라고 봅니다."

"아⋯⋯."

"그런⋯⋯."

모두들 크게 놀라서 말을 잇지 못했다.

선우는 결정을 내리듯이 말했다.

"그렇지만 아마도 국정원장은 도마뱀처럼 꼬리를 잘라낼 것 같습니다."

서울의 어느 대형 대학 병원.

마스크와 선글라스로 얼굴을 거의 가린 아이돌 스타 걸 그룹 베누스의 멤버인 미아가 대학 병원 대기실에 매니저와 함께 앉아 있었다.

그녀는 요즘 이상한 증상에 시달리고 있었다.

주기적으로, 그러니까 다섯 시간에 한 번꼴로 발작 같은 것을 일으키는 것이다.

요즘 와서 돌이켜 보니 그런 증상이 생긴 것은 두 달쯤 되는 것 같았다.

처음에 그런 증상이 찾아왔을 때는 별것 아닌 것으로 여기고 넘겼다.

감기 초기 증세 때 살짝 열이 있는 것처럼 몸이 찌뿌듯하고 또 찌릿찌릿하는 정도에 그쳤다.

그런데 그게 날이 갈수록 증상이 심해졌다. 처음에는 감기 초기 증상 같았는데 나중에는 회를 거듭할수록 점점 몸이 뜨거워졌다.

한여름 태양이 내리쬐는 뜨거운 뙤약볕 아래에서 오래 서 있었을 때처럼 몸이 후끈거리고 찌릿찌릿했으며, 마약을 해본 적은 한 번도 없지만 마치 마약을 하면 이런 기분이 아닐까 할 정도로 매우 기분이 좋았다.

그러다가 요즘은 한 번 그런 증상이 찾아오면 아무것도 하지 못하고 그냥 침대에 누워 있거나 소파에 몸을 파묻고 혼자 끙끙거려야만 할 지경이 돼버렸다.

정신이 이상해지거나 기침, 각혈, 설사를 하지도 않았다. 외부적인 것은 전혀 변화가 없었다.

그저 온몸이 뜨거운 물속에 들어가 있는 것처럼 펄펄 끓고 날이 갈수록 기분이 몽롱해지는 현상이 심해질 뿐이었다.

그동안 병원에 여러 번 왔고 정밀 검사를 해봤지만 의사들은 앵무새처럼 아무 이상이 없다는 말만 반복했다.

그렇지만 미아는 정말로 정상이 아니었다. 그래서 그녀는 어쩌면 자신이 현대 의학으로는 밝혀내지 못하는 희귀병에 걸렸을지도 모른다고 거의 믿게 되었다.

오늘도 여느 때와 마찬가지로 정말 견딜 수가 없어서 다시 병원을 찾아왔다.

하지만 그런 증상에 시달린다고 해서 괴롭거나 고통스러운 것은 아니었다. 아니, 오히려 몽롱한 기분에 빠져서 기분이 좋았다.

그렇지만 아무런 이유도 없이 몸이 펄펄 끓고 기분이 몽롱해지는 것은 절대로 정상이라고 할 수 없었다.

미아는 곧 울 것 같은 얼굴로 중얼거렸다.

"언니, 이러다가 나 죽는 거 아닐까요?"

매니저가 엄한 표정을 지었다.

"병에 걸린 것도 아닌데 죽긴 왜 죽어?"

"이게 병이 아니고 뭐예요?"

미아는 울먹거리면서 괜히 매니저에게 투정을 부렸다.

매니저가 어두운 얼굴로 말했다.

"미아, 오늘도 결과가 나오지 않으면 회사하고 일본 부모님에게도 알려야 하지 않겠니?"

미아는 힘없이 고개를 끄떡였다.

"그래야겠어요."

그때 미아의 앞으로 한 무리의 사람들이 스쳐 지나갔다.

미아는 그들을 보다가 아는 사람이 있어서 가볍게 놀랐다.

"샤론."

미아를 지나친 사람들이 그녀를 뒤돌아보았다.

그들 중에 마스크를 쓰고 모자를 눌러쓴 샤론이 미아에게 다가오면서 물었다.

"미아 언니야?"

미아는 일어서며 반가운 표정을 지었다.

"그래."

그녀는 샤론의 손을 잡았다.

"미아 언니, 어디 아파? 병원에는 웬일이야?"

두 사람은 소속사는 다르지만 평소 매우 친분이 깊었다.

미아와 샤론은 크게 놀란 표정으로 서로의 얼굴을 마주 바라보았다.

두 사람만 놀란 것이 아니라 샤론하고 같이 온 언니 에일린과 부모, 그리고 미아의 매니저도 크게 놀랐다.

미아와 샤론은 서로 어디가 어떻게 아파서 병원에 온 것인지 설명하다가 놀라운 사실을 알게 되었다.

두 사람이, 아니, 샤론의 언니 에일린까지 셋이 똑같은 증상으로 아픈 것이다.

다른 게 있다면 미아는 증상이 심하고 샤론과 에일린은 조금 덜하다는 정도였다.

그것은 마치 미아의 한 달 전쯤 증상하고 비슷했다. 그것을 빼고 다른 것은 다 똑같았다.

그렇다면 샤론과 에일린은 증상이 점점 심해져서 한 달이 지나면 지금의 미아처럼 된다는 뜻이다.

미아와 샤론, 에일린은 머리를 맞대고 자신들의 공통점에 대해서 대화를 나누었다.

음식은 무엇을 먹었으며, 키는 몇이고, 체중은 얼마이며, 혈액형은 무엇인지에 대해 얘기했다.

미아와 샤론, 에일린 세 여자가 똑같은 병에 걸렸다면 같은 원인이나 생활 습관 같은 걸 갖고 있을 것이기 때문이다.

그렇지만 모두들 오래지 않아 실망하고 말았다. 미아와 샤론, 에일린의 공통점을 도저히 찾을 수가 없었다. 세 사람은 달라도 너무 달라서 공통점은커녕 뭔가 비슷한 점 하나도 찾기가 어려웠다.

샤론과 에일린의 아버지인 하먼 켈리가 어느 때보다도 진지한 표정을 지었다.

"증상에 대해서 다시 한번 체크해 보자."

그의 한국어는 수준급이다.

"미아 씨가 한 달 전에 겪은 증상에 대해서 다시 한번 구체적으로 설명해 주겠어요?"

그런데 그때 미아의 진료를 담당한 의사가 그녀를 호출했다.

샤론 가족은 미아가 나올 때까지 기다리기로 했다.

샤론과 에일린도 미아의 담당 의사에게 똑같은 진료와 검사를 받았다.

그리고 놀랍게도 똑같은 진단을 받았다.

미아는 오늘 처음으로 혈액 검사를 했다.

그런데 괴이한 일이 벌어졌다. 그녀의 혈액형은 원래 AB형인데 지금은 혈액형이 변했다.

그리고 더 놀라운 것은 샤론과 에일린의 혈액형이 미아와 똑같다는 사실이다.

원래 샤론은 A형이고 에일린은 O형이었다.

하지만 담당 의사는 세 여자의 혈액형이 무엇인지 밝혀내지 못했다.

왜냐하면 세 여자는 의학계에 보고된 적이 없는 매우 특이한 혈액형을 갖고 있었기 때문이다.

선우에게 로건의 전화가 왔다.

―선우 씨, 대통령께서 만나고 싶어 합니다.

"이번 일 때문입니까?"

─그렇습니다.

선우는 차로 이동 중이었다.

"제가 미국 대통령과 만나면 전 세계에 저의 존재를 드러내는 꼴입니다. 또한 이런 시기라면 중국이 DDG─1000의 범인으로 저를 의심할지도 모릅니다."

─그래서 대통령께선 선우 씨를 사적으로 만나려는 겁니다.

"그렇다면 가능합니다."

─언제가 좋겠습니까? 빠를수록 좋겠습니다만.

"당분간은 곤란합니다. 10일 후라면 시간이 납니다."

로건의 웃음소리가 들렸다.

─하하하! 미국 대통령을 상대로 이 정도 배짱을 부릴 수 있는 사람은 선우 씨뿐일 겁니다!

"죄송합니다."

옆자리의 혜주는 말없이 창밖만 내다보고 있다.

─그나저나 선우 씨, 우리 가족하고의 저녁 식사는 언제쯤 할 수 있는 겁니까?

"오늘 저녁이라면 괜찮습니다."

─어…….

혜주가 선우를 날카롭게 쳐다보았지만 선우는 짐짓 모른 체했다.

─미국 대통령을 만나는 것은 까다로우면서 우리 가족과의 식사는 지나치게 쉽군요.

　"로건 씨와 미국 대통령은 다르잖습니까?"

　─하하하! 선우 씨에게 무슨 사정이 있는지 모르겠지만 그런 말을 들으니까 나로서는 기분이 좋군요.

　"몇 시쯤 찾아뵈면 됩니까?"

　─7시 이후가 좋겠습니다.

　"알겠습니다. 그때 뵙겠습니다."

　로건하고 통화를 끝내자 혜주가 어이없다는 표정으로 그를 쳐다보고 있었다.

　"삼촌 약속 있잖아?"

　선우는 미가주하고의 약속이 잡혀 있었다. 선우가 그를 만나려는 것이 아니라 이사회에서 결정된 일이었다.

　이사회란 팔대호신가의 가주 '팔대이사'의 의결 기구이며 보통 이사회라고 말한다.

　이사회에서 선우와 미가주의 만남을 결정한 것이 아니고 선우가 어떤 일을 이행해야 하는데, 그러기 위해서는 먼저 미가주를 만나야만 했기 때문이다.

　선우는 조수석 등받이의 아날로그시계를 가리켰다.

　"지금 두 시야. 미가주를 만날 시간은 충분해."

　혜주가 눈을 가늘게 떴다.

"미가주를 만나고 나면 할 일이 생길지도 모르잖아."

선우는 혜주가 말하는 '할 일'이라는 것이 미가에 대기 중인 팔대호신가에서 엄선한 여자들과 섹스를 하는 일이라는 것을 짐작하고 있었다.

혜주는 할 일이 생길지도 모른다고 에둘러서 말했지만 사실은 선우가 미가주를 만나면 반드시 할 일이 생기게 될 것이라고 믿었다.

미가주의 이치에 딱딱 맞아떨어지는 설명과 간곡한 하소연을 듣고 나면 선우가 미가의 여자들과 합방을 하지 않을 수가 없을 것이기 때문이다.

"하더라도 오늘은 아냐."

선우는 못을 박듯 말했다.

"로건 씨 때문에?"

"오늘은 그냥 미가주하고 만나는 것으로 끝내자."

혜주는 선우가 마음의 준비를 하는 것으로 짐작하고 그를 다그치지 않기로 했다.

"알았어."

선우가 생각난 듯이 물었다.

"황상조 씨는 어떻게 됐지?"

중국 난징에서 선우를 안내하고 또 유다이조선의 츄인밍 상무를 포섭한 사람이 황상조였다.

그는 팔대호신가 황림가의 방계 혈족으로 난징 힐튼호텔에서 중국 국가안전부로 보이는 정장 사내들에게 선우가 보는 앞에서 체포되어 끌려갔다.

"풀려나서 본업에 복귀했어."

"다행이로군."

선우는 황상조의 노고를 치하하면서 그의 소원이 무엇이냐고 물었는데, 그는 자신이 속한 황림가의 소가주 황아미가 도련님의 '성은'을 받는 것이라고 말했다.

도련님의 '성은'이란 선우가 황아미를 지목해서 합방하여 그녀에게 정액을 하사하는 것을 말한다.

혜주는 선우를 캠핀스키호텔 앞에 내려주고 갔다.

선우가 호텔 안으로 들어서자 뜻밖에도 사복 차림의 송자연이 기다리고 있던 것처럼 다가왔다.

"도련님."

"송자연 씨가 여긴 웬일입니까?"

송자연이 선우의 옆에서 나란히 걸었다.

"제가 도련님을 미가로 안내하겠습니다."

선우는 짚이는 게 있었다.

"송자연 씨도 미가녀의 일원입니까?"

'미가녀(美家女)'란 미가에서 도련님의 성은을 받기를 대기하는 팔대호신가의 직계 혈통 여자들을 뜻한다.

송자연이 얼굴을 붉히며 수줍게 대답했다.

"네."

선우는 뜻밖이라는 듯 걸음을 멈추고 그녀를 쳐다보았다.

"혹시 송자연 씨, 미가에서 지내는 겁니까?"

송자연은 더 부끄러워서 귓불이 빨개졌다.

"네."

선우는 설마해서 물었는데 송자연의 대답을 듣고는 미안한
마음이 들었다.

송자연에게 더 물어보지 않아도 짐작할 수 있을 것 같았다.

송자연을 비롯한 미가녀로 선출된 팔대호신가의 여자들은
도련님의 성은을 입을 때까지 미가에서 생활하는 것 같았다.

스위트룸으로 올라가는 전용 엘리베이터 안에서 선우가 송
자연에게 물었다.

"나하고 합방한 이후에는 미가를 나가는 겁니까?"

송자연은 고개를 푹 숙이고 옷자락을 만지작거렸다.

"그렇지 않아요. 수태한 것이 확인되어야만 일상으로 돌아
갈 수 있어요."

"그런 말도 안 되는……"

한 번의 섹스로 임신이 될 확률은 매우 희박하다. 그렇다면
미가녀들은 임신이 될 때까지 막연히 도련님을 기다리면서 미

가에서 허송세월을 보낸다는 얘기이다.

송자연은 용기를 내어 설명했다.

"도련님이 생각하시는 것하고는 달라요. 우리는 배란기가 돼야지만 미가에 들어온답니다. 그리고 배란기가 끝나면 자신들의 거처로 돌아갑니다."

"아……."

송자연은 용기를 내서 말을 이었다.

"황림메디컬에서 개발한 임신 유도 방식과 황림제약에서 개발한 임신 촉진제를 사용하면 한 번의 합방에 수태할 확률이 40%이고, 두 번 합방이면 70%, 세 번 합방이면 90%라고 합니다. 그리고 네 번이면 100%라고 들었습니다."

황림메디컬은 아시아에서 가장 규모가 크고 시설이 좋은 최고의 종합병원으로 황림의과대학 대학병원이기도 하다.

또한 황림제약도 황림의료재단에 속해 있으며 신약 개발 세계 1위를 10년째 유지하고 있었다.

"그렇군요. 그러면 미가에는 통상 몇 사람이 거주합니까?"

"평균 서너 명으로 알고 있습니다."

"미가녀들은 팔대호신가의 식세입니까?"

"그렇습니다."

선우는 송자연을 똑바로 응시하며 물었다.

"송자연 씨는 사랑 없이 섹스가 가능하다고 생각합니까?"

송자연은 선우를 똑바로 마주 보지 못하고 외면했다.

"불가능하다고 생각합니다."

"그렇죠?"

선우는 반색했다.

"그러니까 이 제도는 말이 안 됩니다."

그는 동지를 얻은 것처럼 기뻐했다.

그런데 송자연이 뜻밖의 말을 했다.

"그렇지만 우리 팔대호신가의 직계 혈통 여자들은 모두 도련님을 사랑하고 있습니다."

"……."

"우린 철이 들기 전부터 오로지 한 남자만을 사랑해야 한다고 교육을 받았으며, 실제로 한 남자만을 사랑하고 있습니다. 그분이 바로 도련님입니다."

선우는 어이없다는 표정을 지었다.

"우리가 공산주의입니까?"

송자연은 고개를 가로저었다.

"그렇지 않습니다. 직계 혈통의 여자라고 해도 도련님을 사모하는 것을 강제하지는 않습니다. 똑같은 교육을 받더라도 도련님을 사모하는 여자들 중에서 엄선하여 미가녀가 되고 그렇지 않은 여자들은 사회인이 됩니다."

"아, 그럼 송자연 씨는……."

송자연의 얼굴이 사과처럼 붉어졌다.

"저는 어릴 때부터 도련님을 사모했습니다."

캠핀스키호텔 최상층인 35층 펜트하우스에는 AA—3503호 단 하나의 스위트룸이 있다.

전 세계에 278개의 6성급 호텔 체인을 보유하고 있는 캠핀스키그룹은 스포그 산하에 있다.

펜트하우스로 곧장 직행하는 엘리베이터가 이윽고 최상층에 멈추더니 문이 열리자 송자연이 옆으로 비켜서며 정중하게 허리를 굽혔다.

"드시지요."

엘리베이터에서 내리면 바로 펜트하우스 스위트룸이다.

그곳에 네 명의 여자가 두 줄로 서 있다가 엘리베이터에서 내리는 선우에게 공손히 허리를 굽혔다.

"어서 오세요, 도련님."

네 명의 여자는 모두 화사하고 우아한 몸에 찰싹 달라붙는 밝은 색의 드레스를 입고 있었다.

여자들은 하나같이 아름답고 눈부신 미모와 늘씬한 몸매를 지녔는데 팔대호신가 직계 혈통 중에서 '엄선'한 여자라는 말을 실감나게 했다.

선우가 가까이 다가갔지만 네 명의 여자는 여전히 허리를 굽힌 자세를 유지했다.

그런데 여자는 앞의 네 여자만이 아니었다. 뒤쪽에 다른 복장을 한 십여 명의 여자가 더 있었는데 그녀들 역시 깊숙이 허리를 굽히고 있었다.

선우는 온화한 얼굴로 말했다.

"고개를 드세요."

여자들, 즉 미가녀들과 그 뒤의 여자들은 허리를 펴긴 했지만 감히 선우를 똑바로 바라보지 못하고 고개를 숙이고 있었다.

그녀들 중에서 아무도 선우를 힐끔거린다든지 훔쳐보는 여자가 없었다.

그만큼 도련님 앞에서 어떻게 해야 하는지 교육을 철저하게 받았음을 알 수 있었다.

선우 쪽에서 봤을 때 오른쪽 앞에 있는 여자가 더없이 공손하게 말문을 열었다.

"저는 황림가 3대손 황조연입니다. 오늘 도련님을 뵙게 되어 무상의 영광입니다."

그녀는 27~28세 정도로 보였으며 후리후리하고 늘씬한 키에 서글서글한 미모의 소유자였다.

선우는 황조연이 미가주라는 사실을 깨닫고 엷은 미소를 지어 보였다.

"그대가 미가주입니까?"

자신을 황조연라고 소개한 여자는 당황했다.

"그, 그렇습니다."

선우는 조금 이상한 생각이 들었다.

"왜 놀랍니까?"

"아……."

선우는 부드러운 미소를 지었다.

"곤란하면 대답하지 않아도 됩니다."

"아, 아닙니다. 도련님께서 제가 상상한 것보다 훨씬 훌륭하신 것 같아서……."

선우는 얼굴이 조금 뜨거웠다. 그는 멋쩍게 황조연 뒤의 여자들을 둘러보며 지나가는 말처럼 물었다.

"황아미 씨가 누굽니까?"

"아!"

누군가의 설명을 들을 필요가 없었다. 황조연의 뒤에 서 있는 세 명의 여자 중에서 갑자기 한 여자가 귀신을 본 것처럼 놀라면서 비명을 질렀기 때문이다.

선우는 그녀를 바라보았다.

"그대가 황아미 씨입니까?"

"아아……."

황아미라고 추측되는 여자는 고개를 푹 숙인 채 감히 선우를 마주 쳐다보지 못하고 신음 소리만 냈다.

"도련님."

미가주 황조연이 황망한 표정으로 고개를 조아리며 입을
열었다.

"하대를 하셔야 합니다."

"반말을 하라는 겁니까?"

"그렇습니다. 그렇지 않으면 팔대호신가의 여자들은 너무도
황송하여 아무도 도련님의 하문에 대답을 하지 못할 것입니
다. 그러니 부디 하대를 하십시오."

그러고 보니 조금 전에 황조연이 놀란 것은 선우가 존대를
했기 때문인 것 같았다.

선우는 송자연을 쳐다보았다.

"아……."

송자연이 화들짝 놀라서 급히 고개를 숙였다.

보잉757에서 선우가 송자연에게 말을 했을 때 그녀도 황송
해서 어쩔 줄을 몰랐다.

그런데 지금 생각해 보니 선우가 그녀에게 존대를 했기 때
문인 것 같았다.

팔대호신가 사람들이 신강가의 도련님을 대할 때 어떻게 해
야 하는지 교육을 받는 반면에 도련님은 그들을 어떻게 응대
해야 하는지 교육을 받지 않는다. 절대자이기 때문에 그럴 필

요가 없기 때문이다.

선우는 미가주 황조연의 말 한마디에 넙죽 여자들에게 하대를 하는 성격은 아니지만 그녀들이 너무도 황송해서 우왕좌왕하기 때문에 어쩔 수 없다는 생각이 들었다.

"네가 황아미냐?"

"그렇습니다."

황아미는 급히 그 자리에 무릎을 꿇고 두 손바닥을 바닥에 대며 고개를 조아렸다.

선우는 말 한마디 할 때마다 여자들이 보이는 반응이 성가셨지만, 그것은 그녀들이 태어나면서부터 그렇게 교육을 받았기에 뭐라고 나무랄 수가 없었다.

거기에 비하면 혜주는 선우를 삼촌이라고 부르며 친구처럼 대하고 있으니 얼마나 자유로운 영혼인가. 혜주를 대하는 것이 편한 이유 중의 하나이다.

선우는 직접 허리를 굽혀 황아미의 손을 잡고 일으켰다.

"아아, 도련님……."

황아미는 당황해서 어쩔 줄 모르고 일어나다가 부지중 선우를 바라보았다.

선우도 마침 그녀를 보고 있었기 때문에 두 사람의 시선이 짧은 순간 마주쳤다.

선우는 자신도 모르게 살짝 감탄했다. 황아미의 미모가 정말 대단했기 때문이다.

그녀가 지니고 있는 미모는 평범한 것이 아니라 고결하다거나 성결한 차원의 것이었다.

미모로 치자면 선우는 혜주보다 예쁜 여자를 본 적이 없지만 황아미는 또 다른 차원의 미모를 지녔다.

잡티 하나 없는 희디흰 살결에 흑백이 또렷한 보석 같은 커다란 눈이 자리를 잡았다.

그런데 그 커다란 눈에 놀라움이 가득 떠올랐다. 선우하고 눈이 마주쳤기 때문이다.

"아아……."

황아미는 크게 당황하여 얼른 고개를 숙이며 늘씬한 몸을 후드득 떨었다.

선우는 씁쓸한 얼굴로 그녀의 손을 놓아주고 미가주 황조연에게 말했다.

"내게 할 말이 있습니까?"

"말씀을 낮추세요."

"음, 내게 할 말이 있느냐?"

황아미하고 많이 닮은 황조연이 황망한 표정을 지었다.

"이곳 미가에 대해서 도련님께 설명을 드리라는 황림가주의 지시가 있어서……."

"황림가주는 너의 무엇이냐?"

"아버지입니다."

"황아미는 너의 동생인가?"

"그렇습니다."

가주의 딸이면 직계 혈통 2대손으로 항렬이 어마어마하게 높다.

선우는 근사한 한강의 풍경이 아스라이 굽어보이는 창 옆의 소파에 앉아서 미가주 황조연의 설명을 30분여에 걸쳐서 모두 들었다.

"끝입니까?"

"도련님."

하대가 익숙하지 않은 선우는 또 실수했다.

"그게 끝이냐?"

"그렇습니다."

선우는 잠시 창밖을 내다보았다.

하늘은 더없이 청명하고 저기 까마득한 아래에서 한강이 구불구불 흐르고 있다.

그는 오늘 미가에 와서 미가주의 설명을 들어본 후 어떻게 하면 미가라는 것을 거느리지 않고 지낼 수 있을 것인가를 궁리해 보려고 했다.

그러나 막상 이곳에 와보니 그는 자신이 미가를 피해갈 수 없음을 알게 되었다.

그가 신강가의 도련님이라는 지위를 포기할 수 없는 것처럼 도련님, 그리고 재신으로 살아가려면 미가는 반드시 거느려야 할 수족 같은 것이라는 사실을 조금 전 황조연의 설명으로 깨달았다.

그가 절대자로서 신강가에서 천여 년 동안 지켜져 내려온 룰을 지키지 않으면서 어떻게 수많은 부하를 지휘하고 통제하겠는가.

"너희들 모두 배란 절정이라는 것이 언제냐?"

맞은편에 무릎을 붙이고 다소곳이 앉은 황조연이 조용한 목소리로 대답했다.

"황아미와 정수란이 오늘과 내일이 절정이고 다른 두 미가녀는 내일과 모레가 절정입니다."

"순번은?"

"황아미가 직계 2대손이기에 그녀가 제일순위입니다."

선우는 황조연을 똑바로 주시했다.

"너는?"

"……."

"너는 미가녀가 아니냐?"

황조연은 심장에 비수가 찔린 것처럼 크게 당황했다.

"저, 저는……."

"대답해라."

황조연은 귀까지 새빨개져서 고개를 숙였다.

"저, 저도 미가녀입니다."

"그런데 어째서 순번에서 너를 제외했느냐?"

"저보다는……."

선우는 그녀의 말을 잘랐다.

"제대로 해라."

"네……."

황조연은 화들짝 놀랐다.

선우는 어차피 자신이 미가와 떼려야 뗄 수 없는 관계라면, 그리고 어차피 치를 일이라면 피해가지 않을 생각이다.

그것이 그의 성격이고 또 될 수 있는 한 이 일을 빨리 해치우고 싶었다.

나중에야 어떨지 모르지만 사랑이 완전히 배제된 이런 합방 의식이 동물들의 교미하고 다를 게 없다는 생각이 그의 뇌를 지배하고 있었다.

문득 마리가 생각났다.

그녀가 갑자기 생각난 이유는 그가 미가에서 동정을 잃을 것이기 때문이다.

우스운 일이다. 동정을 잃는 것과 마리하고 무슨 상관이 있다고 그녀가 불쑥 떠오른다는 말인가.

"내일 부산에서 이사회가 있으니까 모레 밤에 서울에 돌아와서 너하고 합방하겠다."

"아……."

황조연은 너무 놀라서 눈을 커다랗게 뜨고 선우를 말끄러미 바라보았다.

그러더니 자세를 더욱 고쳐 잡고 고즈넉한 목소리로 말했다.

"그렇게 말씀하시면 저보다 빠른 순번이 있습니다."

"누구냐?"

선우는 직계 2대손인 황조연보다 빠른 순번이 있다는 말에 적잖이 놀랐다.

황조연은 더욱 공손한 자세를 취했다.

"민영가주님이십니다."

"민영가주?"

"네."

민영가주라면 민혜주다.

"혜주 말이냐?"

"네?"

선우가 다짜고짜 '혜주'라고 이름을 부르자 황조연이 깜짝 놀랐다.

"네, 민혜주 님입니다."

선우는 몹시 놀랐다.

"혜주가 미가녀라는 말이냐?"

"그렇습니다."

"하아……."

황조연이 차분하게 설명했다.

"본인의 의사하고는 상관없이 미가녀는 이사회에서 간택합니다. 제가 알고 있기로 민영가주님께서는 이사회에서 자신이 미가녀로 간택되는 것을 완강하게 저항하셨다고……."

그럴 것이다. 혜주가 미가녀에 간택되면 가주이며 직계 혈통 1대손이기 때문에 무조건 0순위일 테고, 그러면 삼촌이라고 부르는 선우와 합방을 해야만 한다.

황조연은 태블릿pc로 뭔가를 확인했다.

"민영가주님은 배란기이고 모레가 최적기입니다."

그녀는 선우를 바라보며 조심스럽게 말했다.

"순번대로 하시든가 미가녀 중에 마음에 드시는 아이를 고르든가 그것은 도련님의 선택입니다."

혜주가 미가녀로 간택됐으며 그 사실을 선우가 알았는데 다른 미가녀를 선택한다면 그녀의 자존심을 짓밟는 일이다.

선우가 일어섰다.

"순번대로 해라."

미가를 나온 선우는 로건네 집으로 이동하는 중에 미아의 전화를 받았다.

　미아의 목소리에는 힘이 하나도 들어 있지 않았다.

　—선우 오빠, 저 아파요.

　"감기니?"

　—그런 게 아니고 이유도 없이 그냥 몸이 안 좋아요.

　"이유도 없이?"

　—네.

　전화상이지만 선우는 미아가 자신에게 뭔가 할 말이 있다는 것을 감지했다.

　"미아, 할 말이 있으면 망설이지 말고 얘기해 봐."

　—오빠…….

　"그래."

　미아는 매우 어렵게 얘기를 꺼냈다.

　—전에 제가 오빠 손가락에서 나는 피를 먹었잖아요.

　"응."

　—그래서 제가 그것 때문에 살아났잖아요.

　"그랬지."

　—그런데요…….

　선우는 미아가 자신이 아프다고 했으며 그 말 직후에 피를 먹은 것에 대해서 말했다는 사실에 주목했다.

"미아, 너 혹시 내 피를 먹은 것 때문에 아프다고 생각하는 거니?"

—아, 아니에요.

미아는 크게 당황했다.

그러나 그녀는 잠시 후에 선우의 말을 인정했다.

—오빠, 샤론하고 샤론 언니 에일린도 아파요. 그런데 저하고 증상이 똑같아요. 걔들하고 이야기해 봤는데 아무래도 오빠의 피를 먹고 나서부터 몸이 이상한 것 같아서……

선우는 움찔했다.

그의 피는 신혈(神血), 즉 신족의 피다.

그래서 다 죽어가는 사람이 한 방울이라도 먹으면 즉시 완치되고, 또 죽을 때까지 병에 걸리지 않으며, 보통 사람보다 몇십 년 더 장수할 수가 있다. 그는 그렇게 알고 있었다.

그런데 신혈을 먹은 미아와 샤론, 에일린이 아프다고 한다. 세 여자는 똑같이 선우의 피를 먹었다. 그렇다면 미아의 말이 터무니없는 것은 아닐 터이다.

"미아, 내가 이따가 다시 전화할게."

—네, 오빠.

미아는 울먹이고 있었다.

"미아, 울지 마라."

—네, 오빠. 흑흑.

선우가 달래자 미아는 급기야 울음을 터뜨렸다.

—오빠, 저 죽는 거 아니죠?

"이따 내가 너한테 가마."

—저희 집에 오신다고요?

"그래."

미아 목소리에 생기가 돌았다.

—기다릴게요, 오빠.

제26장
신성화(神聖化)

포르쉐911을 몰고 있는 선우는 오진훈에게 전화했다.

―도련님.

선우는 단도직입적으로 물었다.

"할아범, 내 피를 먹은 사람이 몹시 아프다는데 어떻게 된 일입니까?"

오진훈이 침착하게 반문했다.

―도련님의 신혈을 먹은 사람이 여자입니까?

"그렇습니다."

―부득이한 상황이 아니라면 타인, 특히 여자에게 신혈을

먹이는 것은 삼가시라고 말씀드렸습니다만.

"죽어가고 있어서 먹였습니다."

─그러셨겠지요. 어쨌든 신혈은 여자에게 효과가 배 이상 큽니다. 그리고 그 여자분이 아픈 이유는 신성화(神聖化)가 진행 중이기 때문입니다.

"신성화요?"

─그 여자분은 반신족(半神族)이 될 겁니다.

"신혈을 먹었기 때문인가요?"

─그렇습니다. 신혈을 다량 먹었다면 신족이 될 수도 있지만 그렇지 않다면 신족의 절반인 반신족이 됩니다.

"반신족이 되는 것을 막는 방법이 있나요?"

─몸의 피를 모두 빼면 됩니다.

"할아범!"

선우는 버럭 소리를 질렀다. 사람 몸에서 피를 다 뽑으면 죽으라는 얘기이다.

─죄송합니다. 죽는 것 말고는 방법이 없다는 뜻입니다. 저는 그렇게 알고 있습니다.

"음……."

선우는 신음 소리를 내고는 불길한 예감에 물었다.

"할아범, 그 여자가 반신족이 되면 어찌 되죠?"

─결론적으로 말씀드리면 도련님의 여자가 됩니다.

"빌어먹을……."

불길한 예감이 적중하자 선우의 입에서 그도 모르게 욕이 튀어 나갔다.

─여자분은 도련님 곁에 있어야지만 증상이 완화되고 육체관계를 하면 증상이 사라집니다. 그리고 주기적으로 육체관계를 해야지만 증상에 빠지지 않을 겁니다.

"그게 말이 됩니까?"

선우는 괜히 짜증이 나서 신경질을 부렸다.

─어떤 식으로든지 신혈을 먹은 여자는 도련님의 여자가 되어야만 행복합니다. 도련님이 피를 여자에게 먹일지 몰랐기 때문에 그런 말씀을 드리지 못했습니다. 그녀가 도련님의 여자가 되지 않으면 평생 그런 증상을 안고 살아야 합니다. 참고로 증상은 점점 더 심해질 것이고, 신혈을 먹은 지 일 년쯤 지나면 침대에서 일어나지 못하게 될 겁니다.

선우는 가슴속에 무거운 납덩이가 들어간 것 같아서 아무 말도 하지 못했다.

신혈을 먹은 여자의 해결 방법에 대해서 알아보려고 오진훈에게 전화했다가 외려 절망적인 기분이 되고 말았다.

선우로서는 그런 사실을 몰랐으면 모르지만 알게 되자 반드시 그 일을 해결해야겠다는 생각이 들었다.

선우는 로건 가족과 저녁 식사를 하면서도 마음은 온통 신혈에 대한 생각과 걱정으로 가득했다.

결국 그는 로건 가족과의 식사를 오래 지속하지 못하고 서둘러 자리에서 일어나 미아네 집으로 향했다.

신강가에 대해서 박사라고 할 만큼 지식이 풍부한 오진훈이 신혈을 먹어서 고생하는 여자를 거두는 것 말고는 방법이 없다고 하면 정말 없는 것이다.

그렇지만 어떻게 미아를 선우의 여자로 받아들일 수 있다는 말인가.

더구나 샤론과 에일린은 이제 겨우 17세 19세의 어린 소녀이다.

선우는 그녀들을 자신의 여자로 거둔다는 생각은 꿈에도 하지 않았다.

아직은 모르지만 이 말도 안 되는 상황을 바로잡을 적절한 방법이 있을 것이라고 믿었다.

밤 9시쯤 선우가 미아네 집 근처에 도착했을 때 혜주에게서 전화가 왔다.

─삼촌, 현사임 있잖아.

"그래, 알아봤니?"

문득 선우는 혜주가 미가녀이며 팔대호신가 민영가주로서

선우와 합방하게 될 0순위라는 사실이 떠올랐다.

─현사임은 천지그룹 현부일 회장의 다섯 명의 동생 중에 넷째야. 그녀는 오늘 중국 항공편으로 국내에 입국했어.

혜주는 자신이 미가녀라는 사실에 대해서 선우에게 입도 벙긋하지 않았다.

그녀로서는 선우하고 합방한다는 생각은 꿈에서도 하지 않는 것이 분명했다.

"입국해? 그 몸으로?"

─삼촌한테 당해서 온몸이 통구이가 됐다는 말을 들었는데 입국하는 공항에서 찍힌 사진 보니 멀쩡하던데? 사진 보낼 테니까 그녀가 맞는지 확인해 봐.

혜주가 보내온 사진을 보니 짙은 선글라스를 쓰고 있지만 현사임이 맞았다.

단지 머리를 스카프로 빙빙 두르고 거기에 모자를 쓰고 있는데 아마 머리카락이 다 타버려서 그럴 것이다.

그녀는 중국 난징 유다이조선에서 선우의 극열기에 맞아서 말 그대로 통구이가 돼버렸는데 어떻게 멀쩡하게 돌아다닐 수 있는 것인지 모를 일이다.

하긴 그러니까 마가 일족이겠지.

"혜주야, 그녀가 어째서 중국 국가안전부 요원들하고 유다이조선에 나타난 것인지는 알아냈니?"

―알아보는 중이야.

"그래. 수고해 줘."

선우는 혜주가 통화를 끝내려고 하자 불쑥 물었다.

"지금 어디야?"

―집이야.

"집이 어딘데?"

―삼촌, 무슨 일 있어?

"응?"

―삼촌이 언제 내 집이 어딘지 궁금해한 적 있어? 갑자기 왜 그래?

"어……."

선우는 당황함을 감추고 아무렇지도 않게 말했다.

"삼촌이 조카 집이 어딘지 묻는 게 이상해? 너야말로 민감하게 반응하는 게 이상하잖아."

―그거야 뭐…….

"됐어. 끊자."

―우리 집, 분당 정자동 파크팰리스 611동 3302호야.

혜주는 자신이 사는 동네 아파트 동 호수까지 빠르게 읊었다.

"관심 없어."

선우는 혜주에게 괜히 관심을 보였다가 들킨 것 같아서 얼른 통화를 끝냈다.

미아는 걸어 다니는 중소기업이라는 소문답게 한남동에서도 다섯 손가락 안에 꼽히는 리버파크라는 빌라에 살고 있었다.

미아 혼자 작년 한 해 총매출이 120억에 달하고 개인 수입이 40억을 넘었다는 말이 있었다. 만약 소속사하고 계약이 끝나면 벌어들인 총매출에서 경비와 세금을 제한 거의 대부분이 그녀의 몫이 될 것이다.

벨을 눌렀더니 매니저가 내려왔다.

"선우 씨, 미아 많이 아파요."

매니저 윤상미는 선우를 보자 어쩔 줄 모르고 눈물부터 글썽거렸다.

"어떻게 하고 있습니까?"

"침대에 누워 있어요."

선우는 마음이 무거워서 윤상미하고 더 이상 대화를 이어나갈 수가 없었다.

윤상미는 선우를 침실로 안내했다.

"들어가 보세요."

띡!

선우가 침실로 들어가자 은은한 조명 아래 침대에 미아가 누워 있는 모습이 보였다.

그가 방문을 닫고 침대로 다가가는 데도 미아는 선우가 온 것을 모르는지 눈을 꼭 감은 채 가느다란 신음 소리를 흘리고 있었다.

이불을 목까지 덮고 있는 미아의 얼굴은 핏기 없이 창백했으며 땀을 뻘뻘 흘렸다.

그 모습을 보고 선우는 착잡한 마음이 들었다. 미아를 보기 전까지는 뭔가 방법이 있을 것이라고 막연하게 생각했는데 막상 이런 모습을 보자 방법은커녕 그저 죄책감만 들었다.

미아를 살리겠다고 자신의 신혈을 먹인 것이 오히려 그녀를 이렇게 아프게 했다는 죄책감이다.

"음, 으음……."

미아는 까칠한 입술 사이로 쉴 새 없이 진득한 고통이 밴 신음 소리를 토해냈다.

선우가 봤을 때 이런 상태로는 오래 살지 못하고 죽을 것만 같았다. 겉으로 봤을 때 그랬다.

슥—

선우는 침대에 걸터앉아서 측은한 얼굴로 손을 뻗어 미아의 머리를 짚었다.

그러자 신음 소리가 뚝 끊겼다.

이어 미아가 사르르 눈을 뜨더니 선우를 바라보았다.

"오빠……."

"미아."

"오셨군요."

미아가 선우의 팔을 잡아 상체를 일으키려고 했다.

"그냥 누워 있어."

"아니에요."

미아는 곧 죽을 것 같은 상태였는데 다소 힘들어 보이기는 해도 천천히 일어나 앉았다.

그러고는 창백한 얼굴에 배시시 미소를 지었다.

"이제 괜찮아요."

"너⋯⋯."

선우는 말하려다가 그만두었다.

미아는 정말 괜찮아 보였다. 방금 전까지만 해도 핏기 없는 창백한 얼굴에 비 오듯이 식은땀을 흘렸는데, 지금은 그런 기색은 전혀 없고 심지어 얼굴에 화색이 발그레 돌았다.

더구나 귀엽게 웃기까지 했다.

"오빠를 보니까 아픈 게 많이 나은 것 같아요."

선우는 할아범 오진훈이 한 말이 생각났다.

신성화가 진행되고 있는 여자 곁에 선우가 있으면 증상이 완화된다고 했다.

선우는 미아를 물끄러미 응시했다. 처음 봤을 때보다는 좀 나아지긴 했지만 여전히 뭔가에 시달리는 기색이 있었다.

"이리 와라."

선우는 두 손을 뻗어 미아를 안았다.

"……."

미아는 깜짝 놀랐으나 반항하지 않고 가만히 있었다. 평소 좋아하는, 아니, 어쩌면 사랑하고 있는지도 모르는 선우의 손길을 뿌리칠 만큼 그녀는 바보가 아니었다.

"아……."

미아를 부드럽게 꼭 끌어안자 그녀는 나직한 탄성을 터뜨리며 몸을 부르르 가늘게 떨었다.

선우는 그녀의 등을 쓰다듬으며 조용한 목소리로 물었다.

"어떠냐?"

"네?"

"아픈 게 지금은 어떤 것 같지?"

미아는 선우의 가슴에 입술을 대고 대답했다.

"전 아픈 게 아니에요. 그냥 어떤 증상에 시달리고 있을 뿐이에요."

"그래. 그 증상이 지금도 느껴지니?"

"그렇지 않은 것 같아요. 지금은 좋아요."

선우는 좀 더 시험해 볼 생각으로 미아를 가볍게 안아서 자신과 마주 보는 자세로 무릎에 앉히고 온몸으로 깊숙이 힘을 주어 끌어안았다.

"아아……."

미아는 세차게 몸을 떨었다.

"좋아요. 아……."

미아는 두 팔로 선우의 커다란 등을 꼭 끌어안았다.

그녀는 헐렁한 원피스 잠옷을 입었는데 아래가 말려 올라가 하얗고 통통한 허벅지와 팬티가 드러났지만 지금은 그런데 신경 쓸 겨를이 없었다.

선우는 그 자세로 한동안 가만히 있으면서 미아의 증상이 호전되기를 기다렸다.

그는 자신이 미아의 곁에 있으면 증상이 조금 나아지고 몸이 닿으면 조금 더, 그리고 밀착하면 많이 호전된다는 사실을 깨달았다.

5분쯤 지나서 선우가 다시 물었다.

"지금은 어떠니?"

"많이 좋아졌어요."

"평소 컨디션으로 돌아온 것 같니?"

미아는 가만히 자신의 상태를 체크해 보고 나서 대답했다.

"100에 80은 돌아온 것 같아요. 이 정도면 됐어요."

그녀는 선우의 가슴에 뺨을 비볐다.

"정말 신기해요. 오빠가 곁에 있고 또 이렇게 안고만 있는데도 증상이 좋아지다니……."

선우는 한 가지 시험을 더 해보고 싶었다. 그렇다고 여기에서 미아하고 섹스를 하자는 건 아니다.

섹스까지는 아니지만 키스를 해보고 싶었다. 미아하고 키
스를 하면 그녀의 평소 컨디션이 100% 돌아올 것인지 확인해
야만 한다.

슥.

선우는 미아를 안고 있던 팔을 풀고 손으로 그녀의 턱을 가
볍게 받쳐서 들어 올렸다.

"미아."

미아는 화장기 없는 청초하고 상큼한 얼굴로 그를 말끄러
미 올려다보았다.

"네."

"키스를 해도 되겠니?"

"……."

미아의 눈이 동그랗게 커지고 그 안에 놀라움이 가득 찼다.

미아는 대답하지 않았다. 그 대신 턱을 치켜들고 살며시 눈
을 감았다.

선우는 천천히 고개를 숙여 두툼한 입술을 미아의 작은 입
술에 가만히 붙였다.

"아……."

미아가 가벼운 한숨을 내쉬면서 입술을 살짝 벌렸다.

선우는 입술로 미아의 입술을 조금 더 벌리고 부드럽게 입

술을 빨았다.

미아가 바르르 떠는 게 전해졌다.

선우의 혀가 미아의 입속으로 미끄러져 들어갔다.

미아의 혀는 안쪽에 옹송그린 채 숨어서 두려움에 떨고 있었다. 이렇게 어수룩한 것을 보면 그녀는 첫 키스가 분명했다.

선우의 혀가 미아의 혀를 가만히 건드리니 더욱 움츠러들면서 사정거리에서 사라졌다.

선우는 미아가 혀를 내주지 않으려는 것으로 알아듣고 혀를 회수하려고 했다.

그때 그의 혀끝을 부드럽고 매끄러운 미아의 혀가 수줍게 살짝 건드렸다.

미아는 혀를 내주지 않으려는 게 아니라 본능적으로 두려웠기 때문이다.

선우는 혀로 미아의 혀를 건드리고 미끄러뜨리면서 잠시 희롱하다가 이윽고 부드럽게 빨아 당겼다.

"음……."

미아는 혀가 선우의 입속으로 빨려드는 순간 온몸이 한 움큼의 액체로 녹아서 그의 입속으로 빨려드는 것 같은 착각을 맛보았다.

미아는 혀를 내줌으로써 온몸의 경직이 풀리며 뼈가 없는 듯이 선우의 품에 안기면서 무방비 상태가 되었다.

5분 동안 긴 키스를 하고 난 미아는 현재 자신의 컨디션이 예전 건강했을 때의 100%라고 말했다.

"미아, 내 말 잘 들어라."

두 사람은 침대에 나란히 누워 있었다. 만약 두 사람이 깊은 키스를 그렇게 오랫동안 하지 않았다면 지금처럼 가까운 사이가 되지 못했을 것이다.

미아는 그동안 환상처럼 멀게만 느껴지던 선우이지만 지금은 연인이라도 된 것 같은 느낌에 젖어 있었다.

그것은 선우도 마찬가지였다. 그가 로봇이 아닌 이상 그렇게 깊고 긴 키스를 나누었거늘 어떻게 미아에 대해서 아무런 감정이 생기지 않을 수 있겠는가.

자신의 혀를 누군가 오랫동안 깊이 빨고 또 침을 빨아서 삼키며 또한 상대의 혀를 빨고 그의 침을 달콤하게 먹는다는 것이 절대로 쉬운 일이 아니고 흔한 일도 아니다. 그것은 영혼의 교류라고 말할 수도 있었다.

"말씀해 보세요."

미아는 원피스 잠옷에 브래지어도 하지 않은 상태로 선우의 팔베개를 하고서 그를 보며 옆으로 누워 그의 탄탄하고 넓은 가슴에 손을 얹고 있었다.

"미아 네가 이렇게 된 것은 순전히 내 잘못이야."

그렇게 서두를 꺼낸 선우는 어렵게 다음 말을 이었다.

"나는 특별한 인간이야."

"알고 있어요."

선우는 미아를 쳐다보았다.

"뭘?"

"저에게는 오빠의 모든 것이 특별해요. 제가 일본에서 스토커에게 납치되었을 때 구해주신 거나 죽어가는 저를 오빠의 피로 살려주신 것."

"그 얘기를 하려는 거다."

선우는 미아와 키스를 하고 나서 오진훈의 말이 맞는다는 것을 확인했다.

미아의 증상은 오로지 선우만이 치료할 수 있었다. 그가 없으면 미아는 식물인간처럼 침대에 누워 있다가 죽음을 맞이하게 될 것이다.

선우의 설명이 끝났을 때 그는 여전히 누워 있고 미아는 일어나 앉아서 크게 놀라는 표정을 지으며 그를 바라보았다.

선우는 자신의 특수한 신체와 천여 년을 이어온 가문에 대해서만 미아에게 설명했다.

그 밖의 신강가라든가 팔대호신가, 스포그 같은 것들은 구태여 설명할 필요가 없었다.

설명을 다 듣고 난 미아는 몹시 놀랐지만 그게 정말이냐면서 묻지는 않았다. 그녀는 선우의 말을 액면 그대로 100% 다 믿기 때문이다.

미아가 선우를 사랑하고 있기도 하지만 그녀는 선우가 자신에게 베푼 기적 같은 일들을 실제로 겪은 당사자이다. 조금 전에도 그가 곁에 있고 안아주었으며 키스를 한 것만으로 그토록 끔찍하던 증상에서 해방되지 않았는가. 그러므로 그의 말을 믿는 것은 당연했다.

"그랬군요."

그렇게 조용히 말하고 나서 미아는 다시 선우의 팔을 베고 그를 향해 누웠다.

"그래서 오빠가 제 곁에 계시고 또 키스를 하니까 증상이 사라진 것이군요."

"그래."

미아는 선우의 가슴을 쓰다듬었다.

"이제 전 아프지 않겠죠?"

"미아."

미아는 꿈을 꾸는 것 같은 표정으로 콧소리를 냈다.

"네, 오빠."

"내가 네 곁에 없으면 너는 또 아플 거야."

"……."

미아가 깜짝 놀라서 또다시 발딱 일어나 앉았다.

"오빠……."

선우도 일어나 앉아 미아를 바라보았다.

이제부터 하려는 말은 정말 하기 어려운 말이지만 할 수밖에 없다고 생각했다.

그가 이대로 일어나서 말없이 그냥 가버리는 것만큼 무책임한 일도 없었다.

"우리 둘이 섹스를 해야 한다."

"네?"

미아는 '섹스'라는 말은 알지만 어째서 지금 그 단어가 튀어나와야 하는지 영문을 몰라 눈을 깜빡거리다가 잠시 후에야 그 의미를 깨닫고 깜짝 놀랐다.

"아… 저하고 오빠가요?"

선우는 고개를 끄떡였다.

"그래. 그러면 너는 더 이상 아프지 않을 거야."

"그, 그걸… 섹스를 하면 오빠가 곁에 없어도 괜찮은 건가요?"

"그래. 한동안은."

"네……."

미아는 너무 놀란 얼굴로 고개를 끄떡였지만 선우의 말을 곧 이해했다.

선우가 곁에 있으면 증상이 가라앉고 키스를 하면 증상이 완전히 사라진다.

그렇지만 선우가 그녀 곁을 떠나면 다시 증상이 나타나는데 섹스를 하면 한동안 증상을 느끼지 못한다는 것이다.

미아는 눈을 깜빡이면서 골똘히 생각에 잠겼다.

당연한 얘기지만 미아는 아직 순결한 버진이다. 선우를 사랑하지만 그와 섹스를 할 거라는 상상은 한 번도 해본 적이 없었다.

그래서 그녀는 지금 자신과 선우가 섹스를 하게 되는 것에 대해 조심스럽게 상상을 해보고 있는 것이다.

선우는 아무 말도 하지 않고 가만히 있었다. 우리 둘이 섹스를 해야 한다는 말도 쥐어 짜내듯이 억지로 말했는데 더 이상 무슨 할 말이 있겠는가.

그러다가 이런 상황까지 몰고 온 자기 자신이 너무 부끄러워서 침대에서 내려왔다.

"미아, 좀 지켜보도록 하자."

"네?"

선우는 스스로에게 화가 나서 퉁명스럽게 내뱉었다.

"내가 너하고 섹스를 할 순 없잖아. 그러니까 키스의 효력이 얼마나 가는지 지켜보자는 거다."

미아가 울먹거렸다.

"왜… 화를 내세요?"

"내가?"

"네. 화내지 마세요. 무서워요."

선우는 자신의 실수를 즉시 깨달았다. 스스로에게 화가 났는데 미아가 오해를 한 것이다. 미아가 잘못한 것은 없다.

선우는 침대 위에 서 있는 미아를 가만히 안았다.

"너한테 화를 내는 게 아니라 나한테 화가 난 거야."

미아는 선우의 머리를 꼭 안았다.

"오빠는 잘못한 거 하나도 없어요."

선우의 얼굴이 브래지어를 하지 않은 미아의 풍만한 가슴에 파묻혔다.

"저 오빠 사랑해요."

미아의 촉촉하고 낮은 목소리가 선우의 머리 위에서 들렸다.

"오빠가 절 사랑하는지는 묻지 않겠어요."

미아는 몸을 띄워 선우에게 안기며 두 팔로 목을 안고 두 다리로는 그의 허리를 휘감았다.

그러고는 같은 키 높이에 있는 선우 얼굴을 바라보며 용기를 내서 말했다.

"우리 섹스해요."

"미아."

"저는 또다시 아프고 싶지 않아요. 그리고 반신족이 되어 오빠 곁에서 죽을 때까지 같이 지내고 싶어요."

미아는 선우의 설명을 제대로 이해한 것 같았다.

미아는 선우의 입술에 자신의 입술을 부드럽게 비비면서 달콤하게 속삭였다.

"사랑해요, 오빠. 아…….."

이번에는 미아가 먼저 혀를 내밀어 선우의 입술을 핥고 또 그의 혀를 찾아 입속으로 스며들었다.

선우는 혀를 미아에게 맡긴 채 생각에 잠겼다.

'다른 방법을 찾을 것인가, 아니면 정말 이 아이하고 섹스를 해야만 하나.'

모르긴 해도 오진훈의 말이 맞을 것이다. 지난 천 년 동안 신강가의 도련님과 재신들의 행적을 집사인 오진훈이 모를 리 없었다.

'그렇지만……..'

미아 혼자가 아니다. 미아하고 섹스를 한 다음 샤론과 에일린은 어떻게 한단 말인가?

'아아, 돌겠다!'

그는 이날까지 살아오면서 지금처럼 막다른 벼랑 끝에 몰려본 적이 한 번도 없었다.

오진훈이 틀린 말을 했을 리가 없으며, 선우가 아무리 생각해 봐도 방법은 섹스뿐인 것 같고, 더구나 당사자인 미아가 설명을 다 듣고는 자발적으로 섹스를 하자고 하는 판국인데도 선우는 선뜻 내키지 않았다.

상식적으로 이건 말이 안 되었다.

그는 미아를 떼어내 침대에 앉혔다.

"미아, 이제 그만."

"아아……."

열심히 선우의 혀를 빨아댄 미아는 얼굴이 빨개져서 가쁜 숨을 할딱거렸다.

그녀는 키스가 이렇게 좋은 것인지 처음 알았다. 키스만으로 그녀는 황홀함을 느꼈고 온몸이 뜨거워질 정도로 흥분했다.

선우는 미아의 머리를 쓰다듬었다.

"가야겠다."

미아는 깜짝 놀라더니 울상을 했다.

"저 또 아프면 어떻게 해요?"

"나한테 전화하면 곧장 달려올게."

미아가 생각난 듯이 말했다.

"이 얘기, 샤론한테 해줄까요?"

선우는 손을 저었다.

"내가 직접 샤론 부모님 만나서 얘기하는 게 좋을 것 같다."

선우가 문 쪽으로 가려고 돌아서자 미아가 쪼르르 따라 나와 그의 팔에 매달렸다.

"오빠하고 키스 두 번 하니까 증상이 조금도 느껴지지 않고 기분이 아주 좋아요."

"다행이다."

"키스 한 번에 하루를 견딜 수 있을 거 같아요. 그러니까 키스 한 번 더 하면 삼 일 버틸 거예요, 헤헤!"

서울 시내 유명 한식당 밀실에 두 사람이 마주 앉아 있다.

한 사람은 국정원장 현승원이고, 또 한 사람은 여자인데 40대 초반의 나이에 키가 크고 늘씬하며 매우 아름다운 용모를 지녔다.

테이블에는 두 사람 앞에 녹차가 담긴 고풍스러운 찻잔이 놓여 있을 뿐 아직 요리는 나오지 않았다.

현승원은 녹차를 한 모금 마시고 나직이 헛기침을 하고 나서 말문을 열었다.

"지난번에 그쪽에서 보낸 공작원들은……."

"공작원이 앙이고 혁명전사요. 말은 똑바로 하기요."

여자가 현승원의 말허리를 잘랐다. 대한민국에서는 아무도 국정원장의 말을 중간에서 자르지 않는다. 아니, 못한다. 설사 대통령이라고 해도 국정원장을 존중한다.

그녀는 억센 함경북도 사투리를 사용했다.

현승원이 눈살을 슬쩍 찌푸렸다.

그는 이 여자가 북한 인민군 고급 장교라고만 알고 있을 뿐 정확한 신분은 모른다.

국정원장이면 장관급이다. 그런데도 북한의 일개 장교에게 고분고분해야 한다는 것이 못마땅하지만 마현가 윗선의 명령이기에 어쩔 수가 없었다.

현승원은 마음을 가라앉혔다.

"그들을 빼내는 것은 어렵게 됐소."

그는 공작원을 '혁명전사'라고 부르기 싫어서 '그들'이라고 지칭했다.

여자는 팔짱을 끼고 턱을 살짝 치켜들었다. 계속 말하라는 뜻이다.

건방지기 짝이 없지만 현승원은 인내했다. 그는 명령만 이행하고 가면 된다.

"대검찰청 공안부가 개입했소. 그 바람에 우리까지 위험하게 돼버렸소."

현승원은 골드핑거를 죽이려고 남파된 북한 공작원들을 국정원 안보수사국장 박중현에게 맡겼고, 박중현은 휘하의 유닛 팀장 차진호라는 자에게 안내를 명령했다.

그런데 북한 공작원들을 안내하던 흑색 요원 B—d3가 배신하는 바람에 골드핑거를 암살하는 일은 실패했으며, 공작원들은 죽거나 체포되어 대검찰청 공안부로 끌려갔다.

문제는 배신을 한 흑색 요원 B—d3 우주회라는 어린 계집년이다. 그년이 대검찰청 공안부에 협조하여 자기가 알고 있는 내용들을 까발리거나 증언을 한다면 국정원에서 여러 명의 모가지가 잘릴 것이다.

여자가 고개를 까딱거렸다.

"기딴 건 내래 알 바 아니고."

"……!"

"내래 이번에 남조선에 온 목적은 골드핑거라는 아새끼래 데려가려고 온 거이야."

현승원은 인내의 한계를 느꼈다. 앞에 앉아 있는 여자는 나이도 현승원보다 어린 것 같은데 반말을 찍찍 해댈 뿐만 아니라 자기들 돕다가 국정원이 위험한 상황에 처했는데 알 바가 아니라고 배짱을 튕기고 있다.

그래도 현승원은 또 인내했다. 그는 한 차례 호흡을 가다듬고 조용한 목소리로 물었다.

"실례지만 당신 누구요?"

"나?"

현승원은 어색하게 미소 지었다. 누가 봐도 억지로 웃는 기색이 역력했다.

"그렇소. 같이 일하는 사람이 누군지는 알아야 하는 거 아니겠소?"

젊었을 때는 대단한 미모를 지녔을 여자는 문득 가소롭다는 미소를 살짝 머금었다.

"나 권보영이라고 하오."

'권보영!'

현승원은 너무 놀라서 입 밖으로 외침이 터져 나오려는 것을 간신히 억눌렀다.

권보영은 북한에서 전설적인 인물이다.

그녀가 남자냐 여자냐는 것은 그리 중요하지가 않다.

그녀는 18세에 북한 보위부에 들어가서 38세에 부서를 정찰총국으로 옮길 때까지 20년 동안 혁혁한 공을 쌓았으며, 셀 수도 없이 많은 훈장을 받았고, 2010년, 2011년, 2015년에 각각 북한 최고 훈장인 김일성훈장과 김정일훈장, 김정은훈장을 받았다.

뿐만 아니라 공화국 영웅 칭호를 세 차례나 받았으며, 38세의 젊은 나이에 북한 군부의 핵심인 정찰총국 산하 대남전선을 총괄하는 35국의 실장으로 취임했다.

북한에서는 권보영을 '붉은 영웅'이라 부르고 대한민국에서는 그녀를 '붉은 마녀'라고 부른다.

제27장
붉은 마녀

대한민국 제일의 항구도시 부산은 요즘 하나의 화젯거리로 떠들썩했다.

전 세계에 몇 대뿐인 슈퍼 메가 요트 한 척이 며칠 전 부산으로 들어왔기 때문이다.

일반적으로 요트는 파워 요트와 세일링 요트로 구분되며, 메가 요트는 파워 요트가 주종을 이룬다.

메가 요트라고 하면 길이가 100m 이상이며 가격이 수천억 원을 호가하는데 이번에 부산에 들어온 메가 요트는 길이 138m에 가격은 8천억 원이라고 알려져 있었다. 그래서 메가 요트 앞에 슈퍼가 더 붙은 것이다.

이 슈퍼 메가 요트 이름은 '골드핑거'이며 세계 제일의 대부호인 케이선—K.Sun 소유이다.

알려진 바에 의하면 세계 2위의 대부호인 빌게이츠의 재산이 860억 달러라고 하는데 케이선은 그보다 100배를 훌쩍 뛰어넘는 9조 달러 정도라고 하니까 도저히 비교 불가 하다.

세계 유일의 초강대국인 미국의 일 년 예산이 3조 7천억 달러라고 하는데 케이선의 재산은 그보다 두 배 반이 훌쩍 넘으니까 어느 정도인지 상상조차도 되지 않는다.

그렇지만 케이선의 재산 9조 달러라는 수치도 주먹구구식으로 산출해 낸 것이라는 얘기가 지배적이었다.

뉴욕 맨해튼 금융가의 전문가들은 케이선의 재산 9조 달러는 빙산의 일각이며 사실은 그것보다 몇 배 더 많을 것이라고 공공연하게 말하고 있었다.

그러니까 케이선에게 이런 미화 7억 달러짜리 슈퍼 메가 요트는 장난감 같은 것일 게다.

부산에 들어온 슈퍼 메가 요트 골드핑거보다 더 비싼 요트는 전 세계를 통틀어 세 대뿐이며, 사우디의 왕자와 빌게이츠, 러시아의 석유 재벌 로마노프가 소유하고 있다.

슈퍼 메가 요트 골드핑거는 부산항에 입항하지 않고 해운대와 광안리 사이 광안대교 너머 앞바다에 정박해 있었다.

골드핑거를 취재하고 또 구경하느라 수많은 배가 주변으로 몰려들었고, 그것을 통제하느라 해양 경비정들이 출동했다.

골드핑거에 세계 제일의 부자인 케이선이 타고 있는지, 타고 있다면 그가 무엇 때문에 한국에 왔는지가 취재진에게 초미의 관심사였다.

그렇지만 아직까지 케이선의 모습은 어느 언론사의 카메라에도 잡히지 않았다.

선우는 열차 KTX를 타고 부산역에 도착했다.

김포공항에서 헬기를 타고 골드핑거로 직접 가라는 혜주의 말을 듣지 않고 혼자서 기차를 타고 온 것이다.

미아와 샤론, 에일린의 일 때문에 머리가 복잡해서 혼자 생각할 시간이 필요했기 때문이다.

선우는 부산역에서 택시를 타고 해운대로 향했다.

택시 기사는 선우에게 광안대교 앞바다에 떠 있는 슈퍼 메가 요트에 대해서 자신이 알고 있는 내용을 열정적으로 장황하게 떠벌렸다.

그러면서 그 요트를 구경하려면 택시를 타고 광안대교를 지나가면서 구경하는 것이 최고인데 잠시 후면 이 택시가 광안대교를 지날 것이라고 의기양양하게 설명했다.

택시가 수영구 남천동에서 해운대 센텀시티까지 바다를 가로지르는 7.2km 길이의 광안대교를 지날 때 기사 말대로 오른쪽 바다 위에 거대한 요트가 떠 있는 광경이 나타났다.

그때 혜주에게서 전화가 왔다.

―삼촌, 도착했어?

"응."

―헬기 보낼까?

"아냐. 내가 알아서 갈게."

―지금 요트 주변에 구경꾼들이 진을 치고 있는데 어떻게 알아서 온다는 거야?

"그래?"

선우가 차창 밖을 보니 정말 골드핑거 주위에 수백 척의 크고 작은 배가 둥글게 포위하고 있었다.

그것은 마치 거대한 코끼리 주변에 작은 동물들이 모여든 것 같은 광경이다.

"이따가 적당한 시간에 전화할게."

―이사회는 여덟 시야. 늦지 마.

"알았어."

아직 해가 지지 않은 시간에 선우는 해운대 운촌항 동백섬 입구에 있는 어느 카페로 갔다.

이곳에서 어두워지기를 기다리려는 것이다. 어두워져야만

그가 골드핑거에 접근해서 들어가기 쉽기 때문이다.

선우는 카페 바깥 파라솔 아래에 자리를 잡고 간단히 먹을 거리와 맥주를 주문했다.

바다를 보니 골드핑거의 측면이 매우 잘 보였다.

골드핑거에는 스포그의 전 세계 핵심 간부 140여 명이 다 모여서 휴식을 취하고 있을 것이다.

140여 명은 하나의 나라, 혹은 두 개의 나라를 대표하고 있다. 그러니까 그들은 전 세계를 대표하는 스포그의 핵심 간부이다.

그런데 시원한 맥주를 들이켜던 선우는 카페로 다가오는 한 무리의 사람들을 발견하고는 가볍게 놀랐다.

'마리 씨!'

대화를 하면서 카페로 걸어오고 있는 다섯 명의 남녀 속에 짧은 반바지에 화사한 티셔츠, 선글라스를 쓴 마리가 있었다.

선우가 맥주병을 손에 쥐고 마리를 쳐다보고 있는데 그녀도 마침 이쪽을 쳐다보다가 그를 발견하고는 깜짝 놀라면서 그 자리에 멈췄다.

일행은 마리가 멈추자 그녀를 쳐다보았고, 그녀가 놀라서 바라보고 있는 선우를 쳐다보았다.

"엇? 선우야!"

일행 중에 한 명이 놀라서 외쳤다.

그는 연예계의 대부 HMS 엔터테인먼트 대표 하명수이며 선우하고는 호형호제하는 사이이다.

마리는 해운대에서 선우를 만났다는 사실에 놀랐으며, 소속사 대표인 하명수가 선우를 불러서 더 놀랐다.

선우는 마리, 하명수 일행과 합석했다.

마리는 데뷔를 앞두고 뮤직비디오를 찍으려고 부산에 왔다고 한다.

해운대에 하명수가 여름 별장용으로 사둔 아파트가 있는데 스태프들과 거기에서 묵고 있다는 것이다.

"일 때문에 왔습니다."

부산에 웬일이냐는 물음에 선우는 그렇게 대답했다.

"동에 번쩍, 서에 번쩍 하는구나."

선우 옆에 앉은 마리는 이런 곳에서 선우를 만난 것이 반가우면서도 선우와 하명수가 매우 친한 사이인 것 같아서 한 가지 의심이 생겼다.

말하자면 선우가 하명수에게 마리 자신을 스카우트하라고 부탁했을 것이라는 의심이다.

하명수는 마리가 자신과 선우를 번갈아 쳐다보면서 복잡한 표정을 짓고 있는 것을 보고 왜 그러는지 깨닫고 껄껄 웃었다.

"하하하! 선우야, 마리 씨한테 들켰으니까 그만 까발리자."

선우도 그 정도 눈치는 채고 있었다.

"그래야 할 것 같습니다."

하명수가 과장된 제스처를 하면서 마리에게 말했다.

"마리 씨, 나한테 마리를 소개해 준 게 선우야."

"네……."

마리는 자신이 짐작한 것이 맞자 복잡한 표정으로 고개를 끄떡였다.

하명수는 단호한 표정을 지었다.

"그렇지만 선우는 결정하는 건 전적으로 내 몫이니까 마리 노래를 들어보고 나서 결정하라고 했어. 노래가 마음에 들지 않으면 없던 일로 하라고 말이야. 말하자면 선우 얘긴 마리에게 기회를 주자는 거였지."

하명수는 두 손을 모아서 마리를 떠받치는 시늉을 했다.

"결과적으로 나는 선우 덕분에 흙에 묻혀 있던 다이아몬드를 캐낸 거지."

선우는 마리에게 꾸벅 고개를 숙였다.

"속여서 미안합니다."

변명을 하자면 할 얘기가 많지만 선우는 거두절미하고 사과부터 했다.

사실을 알고 난 마리는 배시시 미소 지었다.

"아니에요. 제가 고맙죠."

"마리만 고마운가? 다이아몬드를 캐내게 해준 나도 선우에게 고맙지."

맞은편에 앉은 두루뭉술한 얼굴의 여자가 알은척을 했다.

"저분이 마리 씨 남친이군요?"

그녀는 마리가 메고 있는 파우치 백을 턱으로 가리켰다.

"그 샤넬 파우치 백을 사줬다는 남친 말이에요."

마리는 부끄러워했다.

"남친 아니에요."

그녀는 마리의 매니저가 된 여자이다.

"남친도 아닌데 8백만 원이나 하는 샤넬 파우치 백을 생일 선물로 사주나요?"

마리는 선우를 한 번 보고 매니저를 보며 항변했다.

"나는 이 가방이 그렇게 비싼 건지 몰랐어요. 사실을 알았다면 받지 않았을 거예요."

선우는 조금 전에 선우가 남친이 아니라고 한 마리의 말 때문에 신경이 쓰였다.

사실 그는 마리가 여친이나 애인이라고 생각해 본 적이 없지만 막상 마리의 입으로 남친이 아니라는 말을 들으니 씁쓸해졌다.

그렇지만 그는 곧 대수롭지 않게 생각했다.

자신이 마리를 여친이나 애인이라고 생각해 본 적이 없는데 그녀가 자신을 남친으로 생각해 줄 것이라고 기대한다는 자체가 말이 안 된다고 판단했다.

그때 하명수가 넌지시 말했다.

"나는 선우가 여자에게 관심을 갖는 걸 처음 봤어. 연예계의 숱한 여자 아이돌이 선우를 어떻게 해보려고 대시했지만 그는 꼼짝도 하지 않았거든."

그는 묘한 미소를 지으며 마리를 바라보았다.

"선우는 마리를 각별하게 생각하는 것이 분명해."

그는 선우를 쳐다보았다.

"그렇지 않나?"

하명수의 갑작스러운 질문에 선우는 담담한데 외려 마리가 깜짝 놀라서 고개를 푹 숙였다.

그제야 그녀는 조금 전에 자신이 '선우는 남친이 아니다'고 단호하게 말한 것이 생각났다.

"형님 말씀이 맞습니다."

후회하고 있는 마리의 귀에 옆에 앉은 선우의 묵직한 대답이 들렸다.

그녀는 깜짝 놀랐고, 가슴이 심하게 뛰었다. 그리고 어째서 자신이 선우를 남친이 아니라고 딱 잘라서 말했는지 후회가 더 커졌다.

그녀의 귀에 선우의 말이 이어졌다.

"아직 마리 씨를 여친이라고 말할 수는 없지만 제게 소중한 사람으로 자리를 잡아가고 있는 존재인 것은 분명합니다. 그리고 저는 앞으로 마리 씨하고 더 가까운 사이가 됐으면 좋겠습니다."

"어쩜… 너무 박력 있으시다."

매니저가 두 손을 모으고 감탄했다.

하명수는 혀를 끌끌 찼다.

"그런데 어쩌냐? 마리가 자넨 자기 남친이 아니라고 딱 잘라 말했으니 말이야. 자네 헛물켜는 거 아냐?"

'악!'

마리는 대못에 심장을 찔린 것 같은 표정을 지었다.

하명수가 손을 내저었다.

"내가 이 바닥에 오래 있으면서 지켜봐서 아는데 이런 경우는 절대로 이루어지지 않더라. 나 싫다는 여자한테 매달려 봤자 말짱 도루묵이야, 도루묵. 그러니까 애쓰지 말고 자네, 일찌감치 마음 접어."

그는 마리에게 너스레를 떨었다.

"마리 씨도 그게 좋지? 선우가 괜히 집적거리는 거 싫잖아. 안 그래?"

하명수는 마리가 자신을 한껏 원망스럽게 노려보고 있고

있는 것을 발견하곤 찔끔했다.

"어엇? 마리 씨, 왜 그래?"

마리는 눈물을 글썽이며 입술을 깨물면서 말했다.

"대표님, 저하고 원수지간 되고 싶으세요?"

"어……."

그 바람에 모두들 '와아!' 하고 박장대소했다.

선우가 거기에 못을 더 박았다.

"형님, 마리 씨하고 원수지간 되면 저하고도 끝입니다."

하명수가 정중하게 고개를 숙였다.

"내가 잘못했어. 앞으로 절대 마리 씨에게 실언하지 않을 테니까 제발 그러지 말게."

화기애애한 분위기가 되자 하명수가 선우에게 물었다.

"자네, 이제 뭐 할 건가?"

하명수는 별 뜻 없이 물었지만 선우는 조금 당황해서 대충 둘러댔다.

"뭐… 특별하게 할 일은 없습니다."

하명수가 눈을 빛내면서 두 손을 비볐다.

"그럼 우리하고 같이 지내다가 서울 올라가자구."

"뭘… 하실 겁니까?"

하명수는 조금 뻐기는 표정을 지었다.

"내가 요트를 갖고 있어. 그러니까 그걸 타고 저기 앞바다에 나가서 선상 파티를 하는 거야."

그는 바다를 가리켰다.

"그리고 일생에 한 번 있을까 말까 한 구경을 하자구."

"그게 뭡니까?"

하명수는 노을이 지고 있는 바다에 한 폭의 그림처럼 떠 있는 골드핑거를 가리켰다.

"저기 떠 있는 슈퍼 메가 요트 말이야. 살아생전에 언제 저런 어마어마한 걸 구경하겠느냐고."

그는 갑자기 생각난 듯 말을 이었다.

"그러고 보니 저 슈퍼 메가 요트 이름이 골드핑거야. 선우 자네 닉네임하고 같잖아."

그의 말에 매니저와 스태프들이 화들짝 놀랐다.

"와앗! 골드핑거가 이분이셨어요? 어쩐지……."

"어머머! 골드핑거라는 닉네임은 많이 들었지만 실제로 보는 건 처음이에요!"

그렇지만 골드핑거가 뭔지 모르는 마리는 어리둥절한 얼굴로 선우와 사람들을 쳐다보았다.

매니저가 두 손을 모으고 마치 메시아라도 보는 것처럼 설레발을 쳤다.

"연예계에서 유명한 여배우나 여자 아이돌들이 골드핑거하고 사귀려고 막 들이대는데 골드핑거는 거들떠보지도 않는다는 소문이 파다해요. 그런 분을 여기서 보다니 꿈만 같아요!"

선우는 마리의 시선을 느끼며 어색하게 웃었다.

"하하! 다 과장입니다. 쟁쟁한 여배우와 아이돌들이 어째서 저 같은 걸… 하하하!"

마리가 진지하게 말했다.

"제가 아이돌이라고 해도 선우 씨라면 꼭 한번 대시해 보고 싶을 거예요."

"어……."

선우는 뜨악한 표정을 지었다.

하명수의 요트는 수영강 하류와 바다가 만나는 수영만 요트 계류장에 정박 중이었다.

이탈리아 아지무트사에서 제작한 파워 요트로 길이 18m에 다섯 개의 침실과 주방, 거실, 세 개의 샤워 부스를 갖춘 중형급으로 가격은 45억 원이다.

일 년 계류비와 정비료가 1,500만 원쯤 든다고 하는데 하명수는 일 년에 두세 번 요트를 이용했다.

하명수는 요트에 선분 서비스 업체에서 보내준 출장 요리사와 서빙하는 여자들을 태우고 바다로 나갔다.

맨 위 3층 데크의 테이블에 요리와 술이 마련되었고, 선우와 마리, 하명수, 스태프 등은 테이블에 둘러앉았다.

바아아!

하명수의 요트가 물보라를 일으키며 골드핑거가 있는 곳으로 달려갔다.

저녁이 되며 골드핑거 주변에는 더 많은 선박이 모여들어 장사진을 이루고 있었다.

그렇지만 사방에서 해안 경비정들이 통제하고 있어서 선박들은 골드핑거 가까이 접근하지 못했다.

점점 어두워지는 가운데 골드핑거는 화려하게 조명을 켜고 있어서 낮하고는 다른 멋들어진 모습을 보였다.

골드핑거는 워낙 크고 높기 때문에 몰려든 선박에서는 골드핑거의 하얀 옆면밖에 보이지 않았다.

하명수의 요트 '시블루'는 장사진을 이루고 있는 선박들 바깥쪽에 멈춰 서서 멀리에서 골드핑거를 구경하고 있는 중이다.

하명수가 골드핑거를 보면서 감탄을 거듭했다.

"야아, 정말 굉장하군그래. 사람을 완전히 압도하잖아!"

마리와 나란히 앉은 선우는 물끄러미 골드핑거를 바라볼 뿐 아무 말도 하지 않았다.

스태프 한 명이 휴대폰으로 검색하더니 탄성을 터뜨렸다.

"우와! 대표님, 저 배 가격이 8천억 원이랍니다."

"8천억……."

"그게 도대체 얼마나 큰 액수죠?"

하명수가 덤덤하게 말했다.

"우리 사무실 근처의 40층 빌딩이 그 정도 할걸."

그 말에 사람들은 질린다는 표정을 지었다.

"그럼 40층 빌딩이 바다에 떠 있는 거잖아요?"

인터넷 검색을 하고 있는 스태프가 말했다.

"저 요트 주인이 케이선이라는 사람인데 재산이 9조 달러로 세계 최고 부자랍니다. 참고로 2위인 빌게이츠 재산은 865억 달러라는군요."

사람들은 입을 떡 벌리고 골드핑거를 바라보았다.

머리에 떠오르는 것은 입으로 말해야만 직성이 풀리는 성격의 마리 매니저가 하명수에게 물었다.

"대표님 재산은 어느 정도예요? 그래도 연예계에선 재벌 소리 들으시잖아요?"

하명수가 씁쓸한 표정을 지었다.

"나는 저기에 명함도 못 내밀어. 달러로 계산할 경우 내 총 재산은 1억 달러는커녕 기껏 3천만 달러쯤 될 거야."

"그럼 9조 달러의 재산가인 케이선이라는 사람하고는 비교가 안 되겠네요?"

"그렇지."

남들이 골드핑거가 어떻고 케이선의 재산이 얼마인지 떠드는 동안 선우와 마리는 아무도 모르는 짓을 하고 있었다.

테이블 밑에서 손을 꼭 잡고 있는 중이다.

마리는 아무것도 들리지 않고 아무것도 보이지 않았다. 그저 자신의 작은 손을 굳세게 잡고 있는 선우의 커다란 손만 느껴질 뿐이다.

"미안해요."

마리가 선우를 보며 남들이 들을까 봐 아주 작게 말했다.

"뭐가요?"

"그거……."

선우는 잡고 있는 마리의 손을 가볍게 흔들었다.

"말해봐요."

마리는 몹시 수줍게 말했다.

"아까 남친이 아니라고 말한 거……."

선우는 빙그레 미소 지었다.

"그럼 나는 마리 씨의 남친입니까?"

마리는 선우를 쳐다보다가 눈이 마주치자 고개를 푹 숙였다.

선우는 마리를 궁지로 몰고 싶지 않았다.

"대답하지 않아도 됩니다."

"선우 씨만 괜찮다면… 선우 씨는 제 남친이에요."

마리는 선우의 말이 끝나기도 전에 빠르게 말했다.

선우는 마리의 손등을 쓰다듬었다.

"고맙습니다."

"선우 씨는요?"

"마리 씨는 내 여친입니다."

맞은편에 앉은 하명수가 두 사람을 흐뭇하게 바라보면서 농담을 했다.

"이루어질 수 없는 사람들끼리 뭘 그렇게 속닥거리고 있나?"

마리는 깜짝 놀라서 얼른 고개를 숙였고, 선우는 잡고 있는 마리의 손을 번쩍 들어 보이며 싱글벙글 웃었다.

"방금 남친 됐거든요?"

하명수가 반색했다.

"그런 건 빨리 말해줘야 건배를 하지."

스태프들과 매니저가 부지런히 술을 따르면서 세팅을 하고 있을 때 선우의 휴대폰이 진동으로 울렸다.

선우는 혜주의 전화일 거라고 짐작했다. 8시가 다 되어가니 어떻게 할 것인지 물으려는 것이다.

그런데 뜻밖에도 혜주가 아니라 성필이었다. 중국에 있는 탈북자들의 대부 검은 천사 최정필 말이다.

선우는 깜짝 놀라서 벌떡 일어났다.

"형님!"

마리와 하명수 등 사람들이 놀라서 선우를 쳐다보았다. 그 정도로 선우는 갑자기 소리를 질렀다.

선우는 사람들에게서 떨어지며 반갑게 물었다.

"형님, 어쩐 일이세요? 잘 계시죠?"

─선우야, 오랜만이구나.

선우는 자신이 진심으로 존경하는 정필의 전화를 받고 크게 기뻐서 흥분을 감추지 못했다.

─선우야, 내 말 잘 들어라.

선우는 정필의 목소리에서 그가 심각한 말을 하려는 것을 알아차렸다.

"말씀하세요."

─북에서 널 납치하려고 한국으로 사람을 보냈다.

선우는 벙긋 웃었다.

"공작원인가요? 얼마 전에도 날 죽이겠다고 공작원 네 명이 왔었습니다."

─그래? 어떻게 됐느냐?

"절 공격하는 과정에서 한 명은 죽었고 세 명은 체포해서 공안부에서 수사 중입니다."

─음, 다행이다. 그렇지만 이번에 내려간 사람은 대단한 인물이야.

"누굽니까?"

―붉은 영웅이라고 들어왔니?

"들어보지 못했습니다."

―북한의 삼중영웅이다. 영웅 칭호를 세 번이나 받았다는 뜻이지. 정찰총국 35호실 국장인데 이번에 너를 납치하러 직접 한국에 잠입했어.

"35호실……."

35호실은 과거 '대외정보조사부'로 불렸다. 주요 임무는 한국과 아시아 주변국, 북한과 관련 있는 제3국에 대한 정세 수집 및 포섭 공작을 위한 납치·테러이다.

아시아의 경우 주요 거점은 일본(도쿄, 오사카), 마카오, 홍콩, 중국(옌지, 상하이, 선양), 태국(방콕)이다.

유럽의 경우 오스트리아(빈)와 프랑스(파리) 등지에서 활약하며, 아프리카의 거점은 에티오피아, 탄자니아 등지이다. 35호실은 남조선과, 일본과, 미국과, 아시아과, 작전과 등 총 일곱 개 과로 구성된다.

그리고 테러, 납치 등은 주로 작전과 특수 요원에 의해 실행된다. 35호실에는 작전부, 정찰국에 비해 소규모인 500여 명이 소속된 것으로 추정된다.

부서 성격에 맞게 평양외국어대나 군사대학에서 외국어를 전공한 우수한 대학생을 요원으로 뽑는다.

정필의 목소리가 더 진지해졌다.

—35호실 국장인 붉은 영웅, 우린 붉은 마녀라고 부르는데 그녀가 특수 요원들을 직접 이끌고 한국에 잠입했다는 정보를 입수했다.

"여잡니까?"

—그래. 권보영이라는 보위부 장교 출신인데 나도 잘 안다. 악연이라고 할 수 있지. 예전에는 그래도 다룰 만했는데 지금은 말 그대로 마녀가 돼서 나로서도 그 여자하고 마주치면 쉽지가 않아.

"형님, 제가 얼마나 위험한 겁니까?"

—매우 위험하다. 네가 예상하고 있는 위험에 곱하기 10을 하면 될 거야.

정필은 선우를 매우 걱정하는 것 같았다.

—내가 바쁘지 않으면 한국에 직접 갔을 텐데 이쪽 사정이 여의치 않아서 몸을 뺄 수가 없구나.

"말씀만 들어도 고맙습니다, 형님."

—내가 두 사람을 너한테 보냈으니까 그들을 항상 곁에 두고 있어라.

"형님……."

선우는 먼 곳에 있는 정필이 의동생을 위해서 경호를 해줄 사람까지 보냈다는 사실에 크게 감격했다.

—내일 그들이 너한테 전화할 거야. 그들은 권보영에 대해

서 잘 알고 있으니까 위험이 사라질 때까지 측근에 두고 있으면 좋을 거다.

"고맙습니다, 형님."

─혜주는 잘 있니?

"잘 있습니다."

─혜주 성깔이 보통 아닌데, 선우 너, 괜찮은 거니?

선우는 빙긋 미소 지었다.

"그렇지 않아도 혜주는 저만 보면 잡아먹지 못해서 안달을 합니다."

─너 혜주하고 말 텄니?

선우는 조금 당황했다.

"어… 그러니까 그게… 제가 형님 동생이니까 자기한테는 삼촌이라고, 그리고 자긴 형님한테 반말을 하니까 저한테도 반말을 할 거라고 해서 서로 말 놓기로 했습니다."

─우하하하!

수화기 너머에서 정필의 호탕한 웃음소리가 들려왔다.

─과연 혜주답다! 하하하!

"형님."

선우는 진지하게 말했다.

"어려운 일 있으면 언제든지 말씀하십시오. 제가 열 일 제쳐놓고 돕겠습니다."

―알았다. 그러마.

정필이 말은 그렇게 하지만 절대로 도움을 청할 일은 없을 거라고 선우는 생각했다.

하명수 일행은 온통 슈퍼 메가 요트 골드핑거에 대한 얘기로 꽃을 피웠다.

그러다가 결국 마리도 골드핑거에 관심을 보였다.

"저런 배는 내부가 어떻게 생겼을까요?"

"궁금합니까?"

"네."

대답을 했다가 마리는 방그레 미소 지었다.

"보고 싶다고 해서 아무나 볼 수 있겠어요?"

그러고는 손사래를 쳤다.

"다들 저 배가 대단하다니까 궁금한 거지, 제 평생에 저런 배를 타볼 기회가 있겠어요? 그냥 해본 소리예요."

하명수가 우스갯소리를 했다.

"선우야, 내가 지금 의뢰 하나 할 테니까 접수해라."

"뭡니까?"

하명수는 골드핑거를 가리켰다.

"우리 저 배 한번 태워주라."

모두들 '꺄악!' 하고 비명을 지르며 박수를 쳤다.

하명수는 선우가 이번 의뢰만큼은 절대로 해결할 수 없다는 걸 알면서도 장난치느라 일부러 흥을 돋우었다.

"자네가 이 의뢰를 해결한다면 자네가 요구하는 무엇이든 들어주겠어."

시간은 7시 40분을 가리키고 있었다. 선우로서는 달리 방법이 없는 상황이다.

"정말입니까?"

선우가 진지한 표정으로 묻자 하명수는 재미있다는 표정을 지으며 손으로 자신의 목을 그었다.

"내 목을 걸지."

하명수를 비롯한 모두들, 아니, 마리만 빼고 싱글싱글 웃으면서 선우가 어떻게 하는지 지켜보았다.

그러나 마리는 진지한 표정으로 말끄러미 선우를 바라보았다. 그녀는 어쩌면 선우가 이 의뢰를 성공할지도 모른다고 기대했다. 그 정도로 그녀는 선우를 신뢰하고 있었다.

선우는 여유 있는 미소를 지으면서 휴대폰을 꺼냈다.

"정말 다행히도 저 배에 제 조카가 일하고 있습니다."

노부들 '어?' 하는 표정을 지었다.

선우는 휴대폰의 단축키를 눌렀다.

"조카에게 부탁해 보겠습니다."

그는 휴대폰에 대고 말했다.

"혜주야, 내가 전에 말한 적 있지? HMS의 하명수 형님하고 스태프, 그리고 마리 씨하고 같이 있는데 우리 그 배 좀 구경시켜 줄 수 있겠니?"

영리한 혜주는 선우의 말뜻을 즉시 알아차렸다.

—알았어. 데리러 갈까?

"그래."

혜주가 HMS의 하명수를 알 리가 없지만 마리에 대해서는 알고 있다.

선우가 살고 있는 파라다이스맨션 이웃들에 대해서는 훤하게 꿰고 있는 혜주이다.

선우는 휴대폰을 끊었다.

"데리러 온답니다. 준비하시죠."

하지만 그의 말에 아무도 대꾸하지 않았다.

다들 그가 가짜로 전화하는 척하면서 농담하는 거라고 믿었다. 하명수의 농담에 그가 농담으로 받아넘기는 거라고 생각한 것이다.

선우가 달랑 전화 한 통화 했을 뿐인데 세계 제일의 대부호 소유인 저 어마어마한 슈퍼 메가 요트 골드핑거에서 데리러 온다는 것을 믿을 사람이 누가 있겠는가.

아니, 딱 한 사람 있었다.

마리다.

"뭘 준비하면 되나요?"

마리가 자리에서 일어나며 선우에게 물었다.

선우는 빙그레 미소 지었다.

"마리 씨는 저만 챙기면 됩니다."

마리는 얼른 두 손으로 선우의 팔을 잡았다.

"챙겼어요. 준비 끝."

선우는 모두를 둘러보았다.

"우린 준비 끝났어요."

하명수가 엄지손가락을 치켜세웠다.

"야아, 선우야! 너 개그해도 되겠다! 정말 재미있다, 야!"

그의 말에 매니저와 스태프들은 선우가 장난을 하는 거라고 생각하고 한마디씩 떠들어댔다.

"하하하! 선우 씨, 개그 데뷔하면 저도 불러주십시오!"

"아하하하! 꿀잼이에요!"

그때 슈퍼 메가 요트 골드핑거에서 보트 한 척이 나오는 것 같더니 불을 비추면서 선우 일행이 타고 있는 시블루를 향해 곧장 달려왔다.

슈퍼 메가 요트 골드핑거에서 나온 호두 색깔의 미끈한 우드 보트가 다가오자 겹겹이 포위망을 형성하고 있는 수많은 배들이 마치 모세가 홍해를 가르듯이 양쪽으로 쫙 갈라졌다.

그리고 그 우드 보트는 그 사이를 통과하여 시블루를 향해 나가오더니 속도를 점차 줄였다.

우드 보트는 그냥 단층짜리 보트인데도 시블루보다 훨씬 더 길고 컸다.

이 우드 보트는 골드핑거에서 단순히 수송용으로 사용되고 있는 것 같았다.

우드 보트에 서 있는 혜주가 손을 흔들며 선우에게 알은척을 했다.

"삼촌!"

선우는 하명수를 가리켰다.

"이분이 하명수 형님이야!"

그가 혜주에게 보내는 신호이다.

혜주가 반가운 표정으로 손을 들어 보였다.

"안녕하세요."

사방에서 언론사와 방송국에서 나온 취재진이 열띤 취재 경쟁을 벌이고 있다.

혜주가 하명수에게 말했다.

"하 대표님, 이 배로 옮겨 타세요!"

이 광경은 누가 보더라도 골드핑거에서 하명수를 데리러 나온 것처럼 보였다.

취재진이 하명수를 알아보고 골드핑거에서 HMS의 하명수를 초대하는 것이라고 오해하여 대대적으로 보도하고 더러는 생중계까지 했다.

하명수를 비롯한 마리와 매니저, 스태프들은 다들 귀신에 홀린 표정을 지으며 우드 보트로 옮겨 탔다.

잠시 후 골드핑거에 오른 하명수 일행은 완전히 정신 줄을 놓아버렸다.

선우를 제외한 모두들 골드핑거의 으리으리함과 거대함에 제정신을 붙잡고 있을 수가 없었다.

다들 갑판에서 꿔다 놓은 보릿자루처럼 어리둥절하고 있을 때 혜주가 모두 들으라는 듯 선우에게 말했다.

"삼촌, SPOG 시스템에 대해서 알아?"

혜주가 둘러댄 말이지만 SPOG란 스포그를 가리킨다. 이건 혜주가 선우에게 보내는 암호이다. 즉, 여기에서 빠져나가 이 사회에 참석하라는 뜻이다.

"알아. 왜?"

혜주가 선우의 팔을 잡아끌었다.

"마침 잘됐어. 우리 SPOG 시스템에 문제가 좀 생겼는데 삼촌이 좀 봐줘."

하명수 등은 골드핑거도 골드핑거지만 혜주의 기절초풍할 미모에 놀라 그녀에게서 눈을 떼지 못했다.

더구나 혜주의 옷차림 등 외모는 최고급과 최첨단으로 도배를 했으므로 말 그대로 여신이 따로 없었다.

혜주는 승무원 중 한 사람에게 하명수 일행을 안내하라고 이르고는 선우를 데리고 그곳을 떠났다.

그날 밤 선우는 팔대호신가의 가주와 전 세계에서 모인 스포그 147명의 각계 이사들의 만장일치로 제18대 신강가의 재신으로 선출됐다.

도련님과 재신의 차이점은 보호를 받아야 하는 신분에서 스포그의 모두를 보호해야 하는 신분으로 바뀌었다는 점이 가장 크다.

그리고 도련님이었을 때는 이사회의 결정에 따라야 하지만 재신이 되면 이사회를 거느린다는 점이 달랐다.

선우는 그날 밤을 거의 꼬박 지새우면서 신강가와 팔대호신가, 그리고 스포그가 해야 할 많은 일에 대해서 의논하고 결정을 내렸다.

그러는 동안 하명수와 마리 등은 골드핑거 구경을 마치고 융숭한 대접을 받은 후 자신들의 배 시블루로 돌아갔다.

모두들 선우가 돌아오지 않아서 궁금해했지만 그가 급한 일이 있어서 먼저 떠났다고 혜주가 전해주었기에 그나마 걱정을 덜었다.

그래도 마리는 무척 서운했다.

서울로 돌아온 선우는 재신의 저택으로 마련해 놓은 한남동의 대저택으로 들어갔다.

그곳은 하나의 작은 성 같았다.

높은 담 안에는 넓은 정원과 거대한 3층의 본채, 여러 동의 별채, 외부에서는 절대로 보이지 않는 비밀스러운 지하 시스템을 지니고 있었다.

이 성 같은 대저택은 선우를 위해서 십여 년 전에 지어졌으며, 이곳에서 일하는 150여 명은 팔대호신가 사람들로 짧게는 3년에서 길게는 10년 동안 이곳에서 살면서 주인을 기다리며 만반의 준비를 갖추었다.

대저택의 본래 이름은 재신저(宰神邸)이다. 그 이름은 천여 년 동안 재신이 거처하던 저택이다.

재신저의 등기부상의 주인은 강선우이고, 그는 대한민국 유수의 대기업인 엔젤컴퍼니의 회장으로 되어 있었다.

엔젤컴퍼니는 대한민국 재계 순위 27위로 매년 50% 이상의 성장률을 보이고 있는 촉망받는 기업이다.

선우는 유경훈을 재신저로 불렀다.

35세의 유경훈은 대검찰청 공안 검사로서 팔대호신가 유도가의 삼별주 유지석의 차남이다.

유경훈은 재신저로 직접 들어가지 않고 주변의 다른 저택으로 들어갔다가 그곳 지하 통로를 통해서 재신저로 이동했다.

재신저를 중심으로 주변을 둘러싼 동서남북, 아래위 12채 저택은 모두 신강가의 소유이다. 면적으로 치면 약 만 이천 평에 달한다.

순전히 재신저의 보안과 방어를 위해서이다. 12채의 저택에는 재신저에서 일하는 150명 중에서 가족으로 구성된 80여 명이 나누어서 기거하고 있으며, 그곳은 실제 그들의 집으로 등록되어 있었다.

유경훈이 재신저 지하 4층에 도착하자 거기까지 그를 안내해 준 정갈한 차림의 젊은 여자 안내인은 왔던 길로 돌아가고, 조금 다른 복장을 한 재신저의 여자 안내인이 그를 인계받아 조금 걷다가 엘리베이터 앞에 이르러 버튼을 눌렀다.

유경훈은 지하 4층에서 여섯 칸을 올라가 지상 2층에서 내려 안내인을 따라 꽤 넓은 복도를 걸어갔다.

복도가 끝나자 무척이나 넓은 거실이 나타났으며, 그곳 이십여 개의 고급 소파에는 남녀 수십 명이 모여 앉아서 다과를 먹으며 담소를 나누고 있었다.

재신저에 도착하기 전부터 이미 극도로 긴장하고 있던 유경훈은 안내인을 따르면서 눈동자만을 굴려 그곳에 있는 사람들을 재빨리 살펴보았다.

너무 빨리 둘러보느라 그들의 얼굴은 제대로 보지 못했고, 단지 그들이 대부분 중년 이상의 연배라는 사실만 어렴사리 알아보았다.

"경훈아,"

그때 누군가의 부름에 그는 뚝 걸음을 멈추고 그쪽을 쳐다보다가 반가운 표정을 지었다.

저만치 창가의 소파에서 한 사람이 일어나 그에게 손을 흔들고 있었는데 아버지 유지석이다.

유지석이 빠른 걸음으로 다가왔다.

"아버지."

"경훈아, 여긴 어쩐 일이냐?"

"도련님께서 부르셨습니다."

팔대호신가 유도가의 삼별주인 유지석은 엄한 표정을 지으며 가볍게 꾸짖었다.

"도련님께서 스포그 이사회에서 재신에 오르셨다고 통보를 받지 않았느냐?"

"아, 죄송합니다."

유경훈을 안내하던 여자는 유지석에게 살짝 고개를 숙이고 그 자리에서 서서 잠시 기다렸다.

유경훈은 재신저에 사람들이 많은 것을 보고 적잖이 긴장하여 물었다.

"무슨 일이 있습니까?"

"가신 회의가 있어서 가주를 모시고 왔다. 그리고 또 별주 회의도 있었는데 조금 전에 끝났다."

"아……."

가신 회의는 팔대호신가의 가주들이, 그리고 별주 회의는 별주들이 모여서 개최하는 회의이다. 가주들은 가주들끼리, 별주들은 따로 별주들끼리 팔대호신가의 현안과 미래에 대해서 긴밀한 회의를 하는 것이다.

별주들은 대부분 하나의 기업이나 단체, 기관, 재단 등을 관할하고 있다.

여자 안내인이 차분한 목소리로 재촉했다.

"늦었습니다."

유지석이 깜짝 놀라서 유경훈의 등을 떠밀었다.

"이런, 어서 가라."

유경훈을 안내한 여자가 어느 문 앞에서 두 손을 앞에 모으고 공손하게 아뢰었다.

"유도가 삼별주 유지석의 차남 유경훈이 왔습니다."

척!

안에서 누군가 문을 열었다.

안내하던 여자가 유경훈에게 들어가라는 손짓을 했다.

극도로 긴장하여 심장 뛰는 소리가 동네북처럼 쿵쾅거리는 유경훈은 통나무처럼 뻣뻣한 자세로 들어갔다.

탁.

등 뒤에서 문이 닫히자 유경훈은 절해고도에 떨어진 것 같은 느낌에 심장이 턱 멎는 것 같았다.

그곳은 매우 넓은 실내이며 삼면이 커다란 유리창이다. 한 가운데에는 타원형의 길쭉한 대리석 테이블이 놓여 있으며, 양쪽으로 서로 마주 보면서 여덟 명이 앉아 있었는데 그들은 팔대호신가의 가주들이다.

그리고 저만치 약간 높은 곳의 커다란 상석에 정장의 선우가 꼿꼿한 자세로 앉아 있다가 유경훈에게 엷은 미소를 지으며 고개를 끄떡였다.

"어서 오게."

유경훈은 그 자리에 무릎을 꿇고 이마를 바닥에 댔다.

"주군(主君)!"

도련님이 재신이 되면 '주군'으로 칭호가 바뀐다.

"일어나서 자리에 앉게."

유경훈이 일어나자 조금 전에 문을 열어준 검은 옷의 여자가 한쪽에 있는 의자를 가리켰다.

"앉으세요."

그곳은 테이블의 끝 쪽이며 모두가 볼 수 있는 자리였다.

유경훈이 의자에 앉자 선우가 조용한 목소리로 말했다.

"국정원 사건에 대해서 알고 싶네."

국정원 흑색 요원이 남파 공작원들을 안내하여 스팍스어패럴 한국 지사 총괄 디자인 팀장인 선우를 죽이려고 한 일, 그리고 직후에 스팍스어패럴 건물에서 멀지 않은 건물 옥상에서 선우를 저격하려다가 같은 편에게 죽임을 당한 저격수에 대한 일을 통틀어서 '국정원 사건'이라고 한다.

유경훈은 다리를 모으고 허리를 꼿꼿하게 편 공손한 자세로 말문을 열었다.

"남파 공작원들을 안내한 국정원 흑색 요원 B—d3 우주희의 증언을 토대로 그런 명령을 내린 자가 우주희의 직속상관인 흑색 요원 B—d 유닛 팀장 차진호라는 사실을 알아냈습니다."

모두의 시선이 자신에게 집중되자 심한 긴장과 압박감을 느낀 유경훈은 크게 심호흡을 하고 나서 설명을 이었다.

"국정원 내에서 차진호에게 직접 그런 명령을 내릴 수 있는 지위에 있는 인물은 국장급으로 국내를 담당하는 6개 부서가 있습니다."

"국정원 내에서 국내를 담당하는 인물이 2차장인가?"

"그렇습니다. 방금 말씀드린 6개 부서는 모두 2차장 아래 있습니다."

"누가 B—d 유닛 팀장 차진호에게 그런 명령을 내렸는지 모른다는 것인가?"

유경훈이 송구스러운 표정을 지었다.

"그렇습니다. 짐작하건대 정보 판단실과 시, 도지부, 그리고 협력단에서 그랬을 가능성은 희박합니다. 그러면 나머지 셋이 남는데 안보수사국과 대테러보안국, 방첩국입니다. 세 부서의 국장들이 차진호에게 명령을 내렸을 것이라는 혐의를 둘 수 있습니다."

"안보수사국의 박중현이라는 자일세."

"네?"

선우의 단정적인 말에 유경훈이 깜짝 놀랐다.

"우리도 국정원에 사람이 있어."

갑자기 툭 튀어나온 카랑카랑한 여자 목소리에 유경훈이 급히 그쪽을 쳐다보다가 움찔 놀랐다.

20대 후반일지 30대 초반일지 분간이 안 되는 젊은 여자인데 팔대호신가 가주의 자리에 앉아 있었다.

유경훈이 놀란 것은 그녀가 정말이지 눈이 멀어버릴 정도로 아름답다는 사실과 그런 그녀가 팔대호신가의 가주라는 사실 때문이다.

그리고 그 순간 유경훈은 팔대호신가 중에서 민영가의 가주가 매우 젊고 아름답다는 말을 들은 기억이 있다는 사실을 떠올렸다.

민영가주 민혜주가 예의 카랑카랑한 목소리로 말을 이었다.

"우리 쪽 정보원 말에 의하면 며칠 전에 차진호가 안보수사국 국장실에서 박중현에게 엄청나게 깨졌다는 거야. 그리고 그들이 떠드는 목소리가 밖에까지 흘러나왔는데 우리가 관심을 갖고 있는 바로 그 내용이었다는 말이지."

"아……."

"애석하게도 국정원에는 우리 사람이 그리 많지 않아. 또한 아래 직급뿐이지. 굵직한 자들은 하나같이 마족 일당이 꿰차고 있다는 말이야."

"그… 렇습니까?"

국정원이 마족에게 지배당하고 있다는 사실은 유경훈도 지금 처음 알게 되었다.

유경훈이 용기를 내서 혜주에게 물었다.

"안보수사국장 박중현이 B—d 유닛 팀장 차진호에게 명령을 내렸다는 증거가 있습니까? 두 사람의 대화를 촬영했거나 녹음을 했다든지……."

"없어."

유경훈의 얼굴이 흐려졌다.

"심증만으로 박중현을 엮는 것은 어렵습니다."

혜주는 희고 긴 검지를 세워서 좌우로 흔들었다.

"박중현을 엮으라는 게 아냐."

"그럼……."

"현승원이야."

유경훈이 움찔했다.

"그는 국정원장 아닙니까?"

혜주는 차가운 얼굴로 유경훈을 쳐다보았다.

"유경훈."

"넵!"

유경훈이 자리에서 벌떡 일어나 차렷 자세를 취했다.

혜주는 유경훈을 주시하며 낮은 목소리로 말했다.

"마족은 현 씨 일가로, 즉 마현가로 드러났다. 그러니까 현
승원은 마현가의 일족이지."

"아, 그렇습니까?"

"그러니까 무조건 현승원을 국정원장에서 끌어내려 교도소
에 가둬야만 해."

"그렇군요."

"우리가 현승원을 죽일 수도 있지만 그러면 우리를 노출시
키는 행동이니까 자제하는 거야. 그리고 아무래도 적법한 절
차를 거쳐서 현승원을 교도소에 가두는 게 좋아."

"아, 알겠습니다."

유경훈은 꾸벅 허리를 굽혔다.

"그게 다가 아냐."

"네?"

혜주는 선우를 바라보며 공손한 자세를 취했다.

"주군, 제가 말해도 될까요?"

선우가 고개를 끄떡였다.

"잘하고 있습니다."

혜주는 선우에게서 유경훈을 쳐다보는 짧은 시간에 얼굴 표정을 차갑게 바꾸었다.

"잘 들어."

"말씀하십시오."

"우린 마현가가 북한하고 줄이 닿아 있으며 국정원장 현승원 외에도 대한민국 정계, 관계, 재계에 꽤 많은 자가 마현가라는 정보를 갖고 있다."

유경훈은 마른침을 꿀꺽 삼켰다. 일이 이렇게 커질 것이라는 기대는 하지 않고 왔는데 이젠 다리가 후들거린다.

"그 정보를 너에게 줄 테니까 그것을 참고해서 되도록 많은 마현가 놈들을 밝혀내고 또 잡아넣어라."

유경훈은 목이 콱 잠겼다.

"제가… 말입니까?"

"왜? 자신이 없어?"

"그게… 아니라……."

유경훈은 자신이 없는 게 아니라 힘이 달린다는 말을 하고 싶지만 입이 떨어지지 않았다.

그때 밖에서 목소리가 들렸다.

"나우가 나범석 이당주(二堂主)의 장녀 나진주입니다."

"들어오라."

척!

문이 열리고 정장을 입은 40대 중후반의 여자가 두 손을 앞에 모으고 고개를 약간 숙인 자세로 조심스럽게 들어왔다.

나진주는 겨우 고개를 들고 주위를 살피더니 상석의 선우를 향해 그 자리에 풀썩 쓰러지듯이 무릎을 꿇고 부복했다.

"나범석의 장녀 나진주가 주군을 뵈옵니다."

목소리가 덜덜 떨렸고 부복한 몸은 더 떨렸다.

유경훈은 나진주를 보고 크게 놀랐다. 그 이름을 많이 들어봤기 때문이다.

그렇지만 그녀가 부복하고 있어서 얼굴이 보이지 않아 자신이 알고 있는 그 사람인지 확인할 수가 없었다.

"일어나라."

나진주가 일어나자 유경훈은 그녀의 얼굴을 보기 위해 한 걸음 앞으로 나가 상체를 앞으로 기울였지만 그녀의 얼굴을 볼 수 있는 각도가 아니었다.

선우가 말했다.

"나진주, 유경훈과 인사하게."

나진주가 두리번거리다가 자신을 보고 있는 유경훈과 시선이 마주쳤다.

"아······."

나진주가 유경훈에게 고개를 숙였다.

"나진주입니다."

"유··· 경훈입니다."

유경훈은 그녀가 자신이 생각한 나진주가 맞자 놀라서 적잖이 당황했다.

선우가 나진주에게 지시했다.

"나진주, 유경훈을 돕게."

나진주가 공손히 허리를 굽혔다.

"알겠습니다."

유경훈은 허둥거렸다.

"그렇지만 저분은······."

혜주가 차갑게 힐책했다.

"밥통. 항렬은 네가 한참 위다. 국정원 사건은 네가 책임자이고 나진주는 보조다."

"아······."

유경훈은 별주의 아들이고 나진주는 별주 아래 당주의 딸

이니 항렬에서 많이 뒤진다.

그렇지만 유경훈의 놀라움은 쉽사리 가시지 않았다.

나진주는 법무부 차관이다.

서울 성동구 금호동 메가테리움아파트.

정장을 입은 이남 일녀가 101동 현관 앞에 섰다.

띠이—

스르.

입주민이 소지하는 카드가 있어야만 열리는 자동문이 옆으로 열리자 세 명은 미끄러지듯이 안으로 들어갔다.

이곳 메가테리움은 가장 작은 평수가 55평이며 매매가가 48억 원이다.

세 사람은 엘리베이터를 타고 최고층 펜트하우스 81층에 도착해서 내렸다.

81층에는 한 세대만 있으며 8001호이다.

한 사내가 현관으로 다가가 특수 전자키를 조작했다.

또 한 사내와 청바지 차림에 선글라스를 쓴 여자는 주위를 둘러보면서 기다렸다.

시간이 흐르자 여자가 낮은 목소리로 꾸짖었다.

"아직 멀었니?"

전자키를 조작하는 사내가 움찔 놀랐다.

"이거이 까다롭습다."

"너 새끼래 그 정도를 열지 못하면 내 손에 죽을 줄 알라우."

그러고도 5분이나 더 지나서야 사내는 땀범벅이 돼서 한숨을 내쉬었다.

"휴우, 열었습다."

철컥.

"들어가자우."

여자의 명령에 두 사내가 현관문을 열고 옆으로 비켜섰다.

여자는 당당한 걸음으로 아파트 안으로 걸어 들어갔다.

120평 펜트하우스에 들어선 여자와 두 사내는 으리으리함에 한동안 아무 말도 하지 못했다.

한참이 지나서야 여자가 입술을 일그러뜨렸다.

"골드핑거인지 뭔지 이 부르조아 아새끼래 황제처럼 해놓고 사는구만 기래."

그녀는 실내를 두리번거리고 있는 두 사내를 꾸짖었다.

"니들 뭐 하는 거네? 날래 할 일 하라우."

사내들이 깜짝 놀라며 바쁘게 움직이기 시작했다.

붉은 영웅, 혹은 붉은 마녀라고 불리는 권보영은 입가에 싸늘한 미소를 머금었다.

"후후후, 이 부르조아 아새끼를 우리 공화국으로 끌고 가는 거이 어렵지 않겠구만 기래."

        *   *   *

캠핀스키호텔 스위트룸 AA―3503호, 일명 미가.

"시간이 없습니다. 목욕하세요."

미가주 황조연은 초조한 표정으로 벽시계를 쳐다보았다.

거실 소파에 정장 차림으로 오도카니 앉은 혜주는 굳은 표정으로 입술을 잘근잘근 깨물었다.

그러면서 그녀는 한 번 더 확인했다.

"지금까지 네가 한 말이 모두 사실이라는 말이지?"

황조연이 공손히 고개를 숙였다.

"제가 감히 어느 안전이라고 거짓말을 하겠습니까?"

"주군께서 분명히 날 지목하셨다는 거지?"

"그렇습니다."

그때 드레스 차림의 젊은 여자가 황조연에게 공손히 말했다.

"주군께서 25분 후에 도착하신다고 합니다."

혜주는 깜짝 놀랐고, 황조연은 허둥거렸다.

"가주, 서두르셔야 합니다."

혜주는 선우가 어째서 첫 번째 미가녀로 자신을 선택했는지 충분히 짐작할 수 있었다.

그녀는 민영가의 직계 일대(一代)인데 후손, 즉 자식이 없었다.

팔대호신가의 직계 여자들은 반드시 재신의 혈통을 받은 자식을 낳아야만 했다.

그래야만 반신족으로서 가문의 직계 일대를 이끌어갈 수 있기 때문이다.

혜주는 부모가 모두 죽고 혼자다. 형제도 없으며 부모의 형제도 없었다.

그 말은 민영가의 직계는 오로지 그녀 한 명뿐이고 모두 방계로 이루어졌다는 사실을 뜻한다.

만약 혜주가 재신의 혈통을 이은 자식을 낳지 못한다면 민영가는 그녀의 대를 마지막으로 역사 속으로 사라지고 말 운명이었다.

더구나 그녀는 올해 34살이고 그녀의 가임기(임신할 수 있는 기간)는 얼마 남지 않았다.

혜주는 세상에서 오직 한 남자 정필만을 사랑했지만 뜻을 이루지 못하여 그를 양아버지로 모셔야만 했다.

이후 정필과 꼭 빼닮은 선우를 만나 그를 사모하게 되었으나 그와는 이루어질 수 없는 사랑이라서 그저 마음에 품기만 했다.

그런데 이렇게 우연찮게 그와 합방을 하게 된 것이다.

"가주."

황조연이 다시 재촉하려고 하자 혜주는 마침내 일어섰다.

"욕실이 어디냐?"

혜주는 나신이 되어 욕실의 대리석 받침대 위에 누워 있고 두 명의 하녀가 그녀의 온몸에 향유와 향수를 바르고 또 뿌리고 있었다.

혜주는 똑바로 누운 채 욕실의 천장을 바라보다가 사르르 눈을 감았다.

두 하녀의 손길이 온몸으로 느껴졌다.

한 하녀가 감탄하는 목소리로 말했다.

"어쩜 이렇게 몸매가 좋으세요. 조각 같으세요."

"살결은 어떻고요. 티 한 점 없고 너무 매끄러워요."

"시끄럽다."

혜주의 꾸짖음에 하녀들이 찔끔했다.

혜주는 눈을 감고 생각했다.

'기왕 이렇게 된 것, 할 수 없어.'

그녀는 마음을 모질게 먹었다.

'어떻게 하든지 이번 기회에 임신을 하는 거야. 그래서 우리 민영기의 대를 이을 거야.'

임신이라든지 대를 잇는 일은 지금껏 한 번도 그녀의 관심거리가 아니었다.

하늘을 봐야만 별을 딸 수 있는 법이다. 그녀가 누군가를 사랑하지도 않으면서 어떻게 임신을 하고 대를 이을 수가 있다는 말인가.

혜주는 이번 선우와의 합방을 피할 수 없다면 기왕지사 이 기회에 임신을 해서 대를 이어야겠다고 다짐했다.

언감생심 선우가 그녀를 사랑해 줄 거라는 생각은 눈곱만큼도 하지 않는다.

그저 합방을 할 때 부끄럽지만 않기를 바랄 뿐이다.

언젠가 중국에 가는 보잉757 욕실에서 선우의 벌거벗은 건장한 나신을 본 적이 있었다.

그때는 선우를 사랑하는 마음이 있기는 했지만 그게 이루어질 거라든지 그와 합방을 할 거라는 기대는 조금도 하지 않았으므로 그저 무덤덤하게 봤다.

지금 혜주는 그때 본 선우의 단단한 몸이 손에 잡힐 것처럼 생생하게 생각났다.

선우는 미가로 올라가는 엘리베이터 안에서 종태의 전화를 받았다.

—선우야, 스팍스어패럴 컴퓨터 시스템이 해킹당했다.

"뭘 해킹했는데?"

스파스어패럴 디자인 총괄 팀 팀장실 컴퓨터는 종태가 설치해 주었으며 그에게 연결되어 있다. 그러니까 그 컴퓨터에 무슨 문제가 생기면 종태가 즉각 알 수 있었다.

─너에 대해서야. 꽤나 전문적인 솜씨던데?

스팍스어패럴 팀장실 컴퓨터에는 선우에 대한 자료가 거의 없다. 있다고 해봐야 인적 사항과 디자인에 대한 것들뿐인데 그걸 누가 해킹했다는 것인가.

선우는 해킹을 한 게 누군지 즉시 감이 왔다.

'붉은 마녀로군.'

─누군지 짐작 가는 작자 있어?

"누군지 짐작은 가는데… 어디에서 해킹했는지 알겠어?"

─내가 누구냐? 역추적 장치 심어놨다. 너한테 보낼게.

"알았어. 수고했어, 형."

─그런데 선우야.

"말해."

─백억 말이야. 덩어리가 너무 커서 그걸로 뭘 해야 할지 모르겠다. 어디 넣어둘 데 없냐?

"키우고 싶은 거야?"

─그런 거지. 너한테 맡길 테니까 좀 키워줄래?

"알았어. 내 구좌에 넣어놔."

종태하고 통화를 끝내고 미가 현관 앞에 도착했을 때 선우의 휴대폰이 또 울렸다.

휴대폰에 '정필'이라고 떴다.

선우는 반가운 표정으로 낮게 외쳤다.

"형님."

─강선우 씨요?

그런데 휴대폰에서 흘러나온 목소리는 정필이 아니라 여자의 목소리다. 여자는 여자인데 말투가 남자 같았다.

선우는 이 여자가 정필이 보낸 두 명 중의 한 명일 거라고 생각했다.

"그렇습니다."

─우린 최정필 씨가 보냈소. 어디 가면 만날 수 있는 거요?

"지금 어디에 계십니까?"

─인천공항이오.

"거기에 계시면 제가 사람을 보내겠습니다."

─일없소. 우리가 알아서 찾아갈 테니까 선우 씨 있는 곳을 말하시오.

"서울 지리를 아십니까?"

─선우 씨가 말이 많다는 소리는 정필 씨가 하지 않았는데.

전화를 한 여자는 성격이 급하고 직설적인 성격인 듯했다.

선우는 미소를 지었다.

"여기 캠핀스키호텔이라는 곳입니다."

─그리 가겠소. 한 시간 후에 봅시다.

"여보세요."

통화가 끊어졌다. 저쪽에서 일방적으로 끊은 것이다.

"성격도……."

선우는 조금도 기분이 나쁘지 않았다. 정필이 보낸 사람들이기 때문이다. 정필에 대한 믿음이 이들에게도 이어졌다.

선우는 샤워를 하고 알몸에 긴 나이트가운을 걸친 모습으로 미가주 황조연의 안내를 받아 침실 앞에 섰다.

척.

황조연이 침실 문을 열고 공손히 고개를 숙였다.

선우가 안으로 들어가자 뒤쪽에서 황조연이 문을 닫았다.

선우는 은은한 미등이 켜져 있는 실내 복도를 따라 걸어 들어갔다.

복도 끝에 아담한 거실이 있고 그곳에 침실로 들어가는 문이 있었다.

선우는 문을 열고 안으로 들어갔다.

척.

실내는 캄캄했다.

"문 닫고 불 끄시고."

안쪽에서 혜주의 목소리가 흘러나왔다.

선우는 문을 닫고 천천히 침대로 다가갔다.

코끝조차 보이지 않는 캄캄한 어둠 속이지만 선우에겐 대

낮처럼 환하게 잘 보였다.

혜주는 침대에 반듯한 자세로 이불을 덮지 않은 채 누워 눈을 감고 있었다.

두 손을 차렷 자세를 하고 그녀의 몸이 단단하게 경직되어 있는 것을 보고 선우는 그녀가 몹시 긴장하고 있음을 깨달았다.

선우는 설마 혜주와 섹스를 하게 될 줄은 전혀 예상하지 못했다.

그러나 피해갈 수 없고 돌이키지 못한다면 받아들일 수밖에 없다는 생각이다.

그리고 그가 할 수 있는 최선의 방법은 자신과 몸을 섞은 여자를 사랑하는 것이다.

스르르.

선우는 침대 앞에 멈춰서 가운을 벗었다.

가운이 벗겨지며 바닥에 떨어지는 소리에 혜주가 움찔 놀랐다.

"흑……."

나신이 된 선우는 천천히 침대로 올라갔다.

제28장
피바람

혜주는 침대에 가만히 누워 있었다.

20분이 지난 현재 선우는 떠나고 혜주 혼자만 남았다.

선우와 혜주는 20분 동안 한마디도 나누지 않고 묵묵히 의식을 치렀다.

혜주는 1997년 겨울, 폭설이 엄청나게 쏟아지던 어느 날 열네 살 어린 나이에 중국 변면에서 엄마와 함께 흑사파 놈들에게 강간을 당한 이후 남자들을 증오하면서 살며 단 한 번도 남자와 관계를 갖지 않았다.

육체적인 순결은 그때 잃었지만 정신적인 순결은 지금까지 꿋꿋하게 지켜왔다.

그녀는 육체적인 순결 따윈 순결이 아니라고 스스로를 위로하면서 지금껏 버텨왔다.

그런데 그 정신적인 순결을 조금 전에 선우에게 주었다.

그녀는 원하지 않는 미가녀가 되어 선우하고 합방을 하게 되었다고 하지만 그것은 그녀가 자신마저도 속인 일이다.

그녀는 자신이 정말로 선우에게 간택되는 것을 원하지 않는 줄 알았다.

그녀가 팔대호신가의 법에 의해서 미가녀가 되는 것은 어쩔 수 없는 일이지만 선우의 첫 번째 간택녀가 되는 일은 절대로 일어나지 않을 것이고, 설혹 일어난다고 해도 자신이 그것에 응하지 않으리라고 생각했다.

그런데 그 믿음이 조금 전에 산산이 깨졌다. 선우와 한 몸이 되었을 때 그녀는 자신이 선우를 간절하게 원했다는 사실을 깨닫게 되었다.

선우와 한 몸이 되었을 때 그녀는 육체적인 느낌은 추호도 느끼지 못했지만 정신적인 기쁨이 고조되어 선우에게 들킬세라 소리 없이 눈물을 흘렸다.

그리고 선우가 떠나고 혼자 남은 지금 혜주는 걷잡을 수 없는 기쁨의 눈물을 흘리고 있었다.

진심으로 사랑하는 남자에게 자신의 순결을 주었다는 안도

감에서 오는 기쁨이다.

이제 앞으로는 두 번 다시 이런 일이 그녀에게 일어나지 않을 것이다.

이것은 선우와 한 몸이 된 처음이자 마지막이다.

혜주는 오늘 배란기 절정이다. 만약 임신이 된다면 그보다 더 기쁜 일이 없겠지만 임신이 되지 않더라도 실망하지 않을 것이다.

선우가 엘리베이터를 타고 캠핀스키호텔 일 층에 내려왔을 때 휴대폰이 울렸다.

─9시 방향을 보시오.

예의 정필이 보낸 두 사람 중 딱딱한 목소리의 여자다.

이 여자는 목소리만 여자일 뿐 외모는 분명 레슬링 선수 쯤 쪄 먹게 생겼을 것 같다.

선우가 9시 방향으로 고개를 돌리자 로비 입구 의자에 일남 일녀가 앉아 있으며 그중에 여자가 한 손을 슬쩍 드는 게 보였다.

선우는 전화를 넣고 그쪽으로 걸어갔다.

선우가 가까이 다가가자 여자가 일어섰고 남자는 그대로 앉아서 다른 곳을 쳐다보고 있어서 얼굴을 볼 수가 없었다.

30대 후반으로 보이는 여자가 고개를 까딱했다.

"유승희요."

여자 유승희의 외모는 선우의 예상을 뒤집었다. 그녀는 목소리만 걸걸하고 허스키할 뿐 외모는 곱상함 그 자체였다. 캐주얼 복장을 한 그녀는 무표정한 얼굴만 아니라면 꽤 예쁜 축에 속했다.

"강선우입니다."

선우는 미소 지으며 손을 내밀었지만 여자 유승희는 악수를 하지 않고 그를 쏘는 듯이 주시했다.

선우는 머쓱해서 앉아 있는 남자를 쳐다보았지만 그는 여전히 다른 곳을 쳐다보고 있어서 인사를 하는 게 좀 그랬다.

그런데 이쪽으로 고개를 돌리면서 천천히 일어서는 남자를 본 선우가 반가운 표정을 지었다.

"형님!"

선우는 빙그레 환한 웃음을 짓는 남자에게 바싹 다가들어 와락 끌어안았다.

"하하, 선우야!"

"형님!"

두 남자는 서로를 힘껏 끌어안고 등을 두드렸다.

사내는 정필의 친구인 고재영이었다.

선우가 연변에서 정필과 만나 이틀 동안 같이 행동할 때 고재영도 함께였다.

엄밀하게 말하자면 정필은 대한민국 707특임대 중사 출신이고 고재영은 중대장으로서 그의 직속상관이었다.

이후 정필이 탈북자들을 돕느라 중국과 라오스, 베트남 등지에서 활약할 때 고재영과 과거 중대원들을 불러들여 함께 일하며 동지가 된 것이다.

그러고는 지난 20여 년 동안 정필과 고재영 등은 중국과 북한, 동남아를 누비면서 수만 명의 탈북자를 대한민국과 그 외 탈북자들이 원하는 나라로 보내주는 일을 해왔다.

선우는 고재영과 유승희를 자신의 포르쉐911에 태우고 강남으로 향했다.

조수석의 고재영이 신기한 듯 차 내부를 두리번거렸다.

"이거 2007년식 카레라4S로구나. 잘 관리했군."

"잘 아시네요, 형님."

"너 정필이가 연변에서 처음에 무슨 사업 했는지 아니?"

"자동차 관련 사업이라고 들었습니다."

"그래. 1997년에 한국에서 중고차 들여와서 팔았는데 그게 대박 쳤지."

선우는 정필이 중고차 사업을 했다는 얘긴 처음 들었다.

"그 이후 길림성을 시작으로 몇 개의 지점을 냈는데 지금은 자동차 사업이 우리 흑천상사의 주력 사업이 됐지."

"지금도 중고차 사업을 하십니까?"

"중고차 사업을 하기는 하지만 그게 주력은 아냐."

선우는 이 기회에 정필의 흑천상사가 무엇을 하는지 알고 싶었다.

"주력 업종이 뭡니까?"

"자동차 판매야. 한국산 자동차 중국 내 대리점 체인망을 운영하고 있다."

"아……."

고재영은 창문을 열고 담뱃불을 붙였다.

"그 외에도 여러 사업을 하고 있지만 자동차 판매가 총매출의 10% 이상을 차지해."

"그렇군요."

고재영이 담배 연기를 내뿜었다.

"중국인들은 한국의 미르자동차를 선호하고 있어서 우리가 미르자동차를 팔면 좋을 텐데……."

선우는 귀가 솔깃했다. 미르자동차는 한국을 대표하는 자동차 회사로 연간 생산 대수로 세계 3위, 연간 총매출로는 세계 2위를 자랑한다.

또한 미르자동차는 자동차 단일 제품 생산만으로 국내 재계 4위를 마크하고 있다.

더 중요한 것은 미르자동차가 스포그 산하라는 사실이다.

"뭐가 문제입니까?"

"뭐가 문제냐고? 하하하!"

고재영이 시니컬하게 웃으며 담배를 창밖으로 버렸다.

"미르자동차가 우리하고 거래를 하지 않아. 고집만 센 멍청한 놈들이지."

"왜 그들이 멍청합니까?"

고재영이 선우를 힐끗 쳐다보았다.

"미르자동차는 중국에 진출한 자신들의 판매망으로 차를 팔겠다는 거야."

"그게 멍청한 겁니까?"

"그럼 멍청하지 않고!"

고재영은 답답하다는 듯 주먹으로 손바닥을 쳤다.

"걔네 중국 내 대리점은 고작 열세 개야. 반면에 우리 대리점은 98개라구! 게임이 되겠냐?"

선우는 고개를 끄떡였다.

"게임이 안 되겠군요. 그런데 미르자동차가 흑천상사하고 거래를 하지 않으려는 이유가 뭐죠?"

"우리가 사기네들보나 넌서 썬더자농차하고 거래를 했기 때문이라는 거야. 그러니까 자기들하고 거래를 하려면 썬더자동차를 팔지 말라는 거지."

썬더자동차는 한국 자동차 2위 메이커지만 미르자동차의

절반에도 못 미치는 생산량과 매출을 기록하고 있다.

고재영은 다혈질인 듯 스스로 분을 참지 못했다.

"어린애도 아니고 그게 무슨 억지냐? 자동차 영업이라는 게 차 많이 팔아서 매출 올리면 되는 거 아니냐?"

"그렇죠."

"미르는 현재 자체 판매망으로 중국에 연간 약 3만 5천 대를 팔고 있다. 만약 우리 판매망을 이용하면 그것에 20배는 팔 수 있어. 연간 70만 대야, 70만 대. 그거면 액수가 얼마인지 아냐?"

"약 23조 원쯤 되겠군요."

고재영은 선우의 빠른 계산에 조금 놀라는 표정을 지었다가 힘껏 고개를 끄떡였다.

"그런데도 안 하겠다는 거다. 그러니까 미치지. 자기네도 매출 올리고 우리도 돈 버는 윈윈을 하자는 데도 똥고집만 부리고 있잖냐."

선우는 넌지시 떠봤다.

"현재 흑천상사는 중국에 썬더자동차를 몇 대나 팝니까?"

"15만 대 정도야."

"그럼 미르자동차가 원하는 대로 흑천상사가 썬더자동차하고 거래를 끊으면 될 것 아닙니까?"

고재영이 선우의 뒤통수를 가볍게 때렸다.

탁!

"인마, 너 같으면 새 애인 생겼다고 조강지처를 버리겠냐? 죽으면 죽었지 그렇게는 못 한다."

고재영의 말이 선우의 귀에 쏙 들어왔다.

유승희라는 여자는 뒷자리에 앉아서 한마디도 하지 않았다.

선우와 고재영, 유승희는 술집에 둘러앉았다.

붉은 마녀의 죽음의 손길을 피해야 하는 선우와 그를 보호하려고 중국에서 온 고재영, 유승희는 붉은 마녀에 대해서는 아무 말도 하지 않고 술을 마시며 잡담을 나누었다.

아니, 잡담은 아니다. 선우가 궁금하게 여기는 정필에 대해서 고재영이 그의 물음에 설명해 주었다.

정필은 단 한 번 선우를 만났지만 그와 의기투합하여 의형제가 되었다.

고재영을 비롯한 정필의 최측근들은 정필의 그런 파격적인 행동에 매우 놀랐다.

정필이 그런 결정에 신우는 단숨에 정필의 최측근이 되었으며, 그 덕분에 수십 년 동안 정필의 그림자처럼 지낸 최측근들하고도 어깨를 나란히 하게 되었다.

정필의 최측근 중에서도 최측근인 고재영이 선우를 격의

없이 대하는 것만 봐도 잘 알 수 있었다.

"선우야, 당분간 집에는 가지 마라."

고재영은 정필처럼 선우를 아꼈다.

"권보영은 이미 너에 대해서 다 알아냈을 거다."

선우도 그렇게 생각하고 있었다. 붉은 마녀 권보영이 스팍스어패럴의 컴퓨터를 해킹한 걸 보면 알 수 있었다.

"평소 네 일상대로 행동하면 너와 네 주위 사람들이 다치거나 죽을 거야. 그러니까 일상의 반대로 생활해라."

"알겠습니다."

유승희는 아까 캠핀스키호텔 로비에서 선우에게 자신의 이름을 말한 이후 한마디도 하지 않고 있었다.

그녀는 대화에 끼지도 않고 묵묵히 술만 마시는데 소주를 물처럼 마셔댔다.

선우가 그녀를 쳐다보자 고재영이 웃으면서 설명했다.

"승희는 정필이를 죽이려고 온 북한 인민군 특수부대원이었다. 그런데 정필에게 감동받아서 그의 부하가 됐지."

"감동요?"

"알고 보니 정필이 다 죽어가는 승희의 동생과 가족을 구해서 데리고 있었던 거야. 더구나 승희도 중상을 입어서 다 죽어가는 걸 정필이가 치료해 주었지."

"아……."

134 상남자스타일

"내가 얘기는 쉽게 하지만 그 당시 상황은 굉장했지. 정필이를 죽이러 온 북한 특수부대원을 생각해 봐."

"네."

사람들의 설명이라는 것은 늘 부족하다. 실제 상황은 설명보다 열 배, 아니, 백 배는 더 치열한 법이다.

선우는 궁금하게 여기던 것을 물어보았다.

"정필 형님 요즘 힘드십니까?"

고재영이 곱창을 씹으며 되물었다.

"뭐가?"

"그냥… 어제 통화했는데 정필 형님 목소리가 왠지 힘들어하시는 것 같아서."

"이 자식, 너 족집게로구나?"

선우는 벙긋 웃었다.

"제가 그쪽으로 한가락 합니다."

고재영은 선우가 만들어준 소맥을 반쯤 마시고 나서 미간을 좁히며 말했다.

"골치 아픈 일이 있긴 하지."

선우는 그 틈으로 파고들었다.

"제가 알면 안 되겠습니까?"

고재영이 선우를 쳐다보았다.

"네가 알아서 뭐 하게?"

"그냥……."

"니가 알아봐야 정필한테 도움이 못 돼서 속만 상하니까 모르는 게 낫다."

선우는 고재영에게 소맥을 한 잔 더 만들어주면서 너스레를 떨었다.

"그래도 제가 도움이 될지 누가 압니까?"

"자식……."

고재영이 기특하다는 듯 선우의 어깨를 두드렸다.

고재영의 그런 행동에 선우는 가슴이 훈훈했다. 그것은 마치 큰형이나 삼촌이 그를 기특하게 여기는 것 같았다. 그래서인지 선우는 정필에게 어려운 일이 있다면 꼭 돕고 싶은 마음이 더 커졌다.

고재영은 소맥을 원샷하고 나서 곱창 하나를 입에 넣고 씹으면서 입을 열었다.

"현재 정필에게는 두 가지 문제가 있다. 하나는 지금까지 그의 뒤를 봐주던 중국 공산당 총서기가 은퇴하는 것이고 또 하나는 북한 핵무기 개발을 와해시키는 것이지."

"혜주는 잘 있니?"

고재영은 혜주가 선우하고 같이 일을 한다고만 알고 있다.

신강가와 팔대호신가에 대한 일은 워낙 비밀스러운 것이라서 혜주는 설사 정필이라고 해도 말하지 않았을 것이라고 선우는 믿고 있다.

"잘 있어요."

"그 녀석, 보고 싶구나."

선우는 두 시간 전에 혜주와 섹스를 하고 그녀를 혼자 미가에 남겨둔 채 나왔다.

어째서 혜주하고 있는 동안 한마디도 하지 않았는지 지금 생각하면 후회스러웠다.

어색하고 이상하기로 치자면 혜주가 선우보다 더하면 더했지 못하지 않았을 것이다.

그런데도 사내대장부라는 놈이 혜주를 다독거리지도 않고 끝까지 말 한마디 하지 않고 나와 버렸다.

그때는 선우가 뭐라고 말을 꺼내면 혜수가 더 어색할까 봐 배려해 준 것인데 지금 생각해 보니 그건 배려가 아니라 일종의 방임이었다.

"오라고 할까요?"

선우의 말에 고재영이 반색했다.

"그럴래?"

선우는 휴대폰을 꺼내 혜주에게 전화했다.

아까 그 일 때문에 혜주가 전화를 받지 않을 수도 있다고 생각했는데 세 번 신호가 갔을 때 받았다.

―저예요.

혜주의 목소리는 착 가라앉아 있다.

그런데 '저예요'라니. 섹스를 하고 나서 그녀가 변했다.

"청담동 육곱창 알아?"

―알아요.

"이리 와."

―네.

선우가 전화를 끊자 고재영이 넌지시 물었다.

"둘이 싸웠니?"

"네? 저하고 혜주가요?"

고재영이 재미있다는 표정을 지었다.

"애 봐라? 너 혜주하고 말 텄냐?"

"네. 혜주가 그러자고 해서……."

선우와 혜주가 서로 말을 놓는 것에 대하여 정필에 이이서 고재영도 놀랐다.

선우가 혜주하고 어째서 말을 놓게 됐는지 설명했더니 고재영도 정필처럼 껄껄 웃었다.

"하하하! 과연 혜주답다."

이때만큼은 유승희도 엷은 미소를 지었다.

고재영은 선우가 묻지도 않았는데 혜주에 대해서 설명하기 시작했다.

정필이 다른 사람을 탈북시키려고 꽁꽁 얼어붙은 두만강에 나갔다가 그곳에 나와 있던 혜주 모녀를 도강시켜 준 일을 비롯하여 정말 파란만장하고밖에는 말할 수 없는 기구한 그녀의 일생에 대해서 고재영은 담담하게 설명했다.

혜주는 대한민국에 사는 그 나이 또래의 여자가 열 번의 삶을 산다고 해도 경험하지 못할 일들은 열네 살 어린 나이에 한꺼번에 겪었다.

"혜주만 특별한 게 아니다."

고재영이 씁쓸한 얼굴로 말했다.

"북한에서 탈출한 사람, 특히 여자치고 혜주만 한 사연이나 고생 안 해본 여자 없을 거다."

"네."

"그래서 우리가 아직도 연변을 떠나지 못하고 그 일을 하고 있는 거야."

선우는 평소에 정필이나 고재영 등이 매우 훌륭하다고 생각했는데 지금은 그들이 위대하게까지 보였다.

혜주가 도착하기 전에 미아에게서 전화기 있디.

—오빠, 저 죽을 것 같아요.

선우는 휴대폰을 들고 일어나서 입구 쪽으로 걸어갔다.

—오빠, 키스 한번 해주세요. 너무 힘들어요.

"미아, 견딜 수 없을 정도니?"

선우는 미아의 성격을 잘 알고 있다. 그녀가 전화를 했다면 견디고 견디다가 어쩔 수 없이 전화를 했을 것이다.

그런데도 선우로선 답답해서 그렇게 물었다. 고재영 등이 있기 때문에 그들을 봐두고 미아에게 갈 수가 없기 때문이다. 하지만 그는 미아가 뭐라고 대답할지 이미 짐작했다.

─오빠가 참으라면 참을게요. 조금 더 참아볼게요.

도저히 견딜 수가 없어서 선우에게 전화를 해놓고도 더 참아보겠다고 말한다.

"아니다, 미아."

미아가 오늘 밤에 당장 죽지는 않더라도 죽을 것처럼 괴로울 텐데 그걸 견디라고 할 순 없었다.

"지금 내가 너한테 갈 수 없는 상황이니까 매니저 언니더러 이곳에 데려다 달라고 해라. 알았지?"

─네.

미아가 오면 그녀의 차 안이든지 사람이 없는 곳에서 키스를 해주면 또 하루 정도는 버틸 수 있을 것이다.

"휴우."

통화를 끝내고 나서 선우는 한숨을 내쉬었다. 미아와 샤론, 에릴린의 문제를 해결할 방법이 없어서 답답한 마음에 한숨이 저절로 나왔다.

그가 전화를 끊을 때 문이 열리고 혜주가 들어섰다.

혜주는 입구에 서 있는 선우를 발견하고 깜짝 놀라는 표정을 지었다.

그녀는 선우가 입구에서 자기를 기다리고 있던 것이라고 오해했다.

짧은 화사한 꽃무늬 원피스를 입고 머리를 틀어 올린 혜주의 모습은 뭐라고 설명할 수 없을 정도로 아름다웠다.

때마침 곱창집에서 밖으로 나가려던 한 무리의 남녀가 혜주를 보고는 넋이 나간 듯한 표정을 지으며 그녀에게서 시선을 떼지 못했다.

혜주는 선우 앞에 다소곳이 서서 약간 고개를 숙인 채 시선을 마주치지 못했다.

선우는 혜주가 예상한 것보다 더 쑥스러워하는 걸 보자 그녀가 안쓰러웠다.

선우는 혜주가 아무 말도 하지 못하고 고개만 숙인 채 가만히 서 있는 모습을 보고는 손을 뻗어 그녀의 가느다란 허리를 감아 앞으로 끌어당겼다.

"아……."

두 사람의 몸이 밀착되자 혜주는 깜짝 놀라서 고개를 들고 그를 바라보았다.

선우는 혜주의 입술에 부드럽게 입술을 비비면서 손으로는 엉덩이를 쓰다듬었다.

"술 한잔하자."

"……."

혜주는 얼굴이 빨개져서 아무 말도 하지 못했다.

선우는 경직된 혜주의 마음을 풀어주기 위해 그로서는 파격적인 행동을 시도했는데 혜주가 몹시 부끄러워하는 모습을 보니 귀엽기도 하고 재미있기도 했다.

그는 혜주의 아랫입술을 살짝 빨면서 속삭였다.

"싫어?"

"아, 아니에요."

혜주는 아랫입술을 선우에게 내맡기고 있는 중이라서 말이 불분명했다.

선우는 그녀의 입술을 놓아주고 안으로 이끌었다.

"들어가자."

혜주는 몸이 허공에 붕 뜬 것 같은 기분이다.

평소에는 영리함이 지나칠 정도인 그녀지만 지금 같은 상황을 어떻게 이해해야 할지 갈피를 잡지 못했다.

그렇지만 한 가지 분명한 것은 아까 미가에서 선우와 섹스를 할 때나 그가 떠나고 혼자 누워서 울고 있을 때보다 지금이 훨씬 행복하다는 사실이다.

혜주는 이제야 비로소 선우가 남자로, 그리고 자신의 남편처럼 느껴졌다.

그녀는 한 걸음 걸을 때마다 기분이 조금씩 더 좋아져서 마치 구름 위를 걷는 것만 같았다.

그러다가 그녀는 자신이 걸어가고 있는 앞쪽의 테이블에 낯익은 얼굴을 발견하고는 깜짝 놀라서 그 자리에 멈췄다.

"혜주야."

고재영이 앉아서 웃으며 손을 흔들고 그 옆에는 유승희도 환하게 웃고 있다.

"큰삼촌!"

순간 혜주는 비명처럼 반갑게 외치면서 참새처럼 팔랑거리며 달려가 고재영에게 안겼다.

"큰삼촌!"

"어이쿠, 이 녀석!"

고재영은 혜주를 안고 등을 쓰다듬으며 환하게 웃었다.

혜주는 고재영의 무릎에 앉아서 그의 목을 두 팔로 감고 마구 뺨을 비볐다.

"큰삼촌, 언제 왔어?"

"아까 왔지."

고재영은 마치 딸을 대하듯 혜주의 엉덩이를 두드리며 반가움을 감추지 못했다. 하긴 고재영은 52세니까 혜주가 딸 같기도 할 것이다.

혜주는 이번에는 유승희를 안고 반가워서 어쩔 줄 몰라 했다.

"언니, 보고 싶었어."

혜주는 연변에서 정필과 지내며 그의 측근들과 가족처럼 생활했기 때문에 이들과의 정이 남달랐다.

선우하고 있을 때는 말 한마디 하지 않던 유승희지만 혜주를 얼싸안고는 그녀의 얼굴을 매만지면서 얼굴에서 웃음이 떠나지 않았다.

고재영과 유승희 덕분에 혜주는 마음이 완전히 풀렸다.

그렇지만 그녀는 선우 옆에 앉아서 그의 시중을 드는 것을 잊지 않았다.

고재영은 그런 광경을 놓치지 않았다.

"너희 둘 사귀냐?"

선우와 혜주는 깜짝 놀랐다.

"아, 아냐, 큰삼촌. 내가 선우 씨 비서야."

혜주는 선우에 대한 호칭을 '삼촌'에서 '선우 씨'로 바꿨다.

"그래?"

고재영은 뜻밖이라는 듯 선우를 쳐다보았다.

"너 뭐 하는데 비서가 필요한 거냐? 그것도 혜주처럼 근사한 여자가?"

"이, 그게   ."

선우가 말문이 막혀서 허둥거리는데 혜주가 대신 대답했다.

"선우 씨, 사업하고 있어."

"무슨 사업?"

고재영이 그렇게 묻는 건 당연했다.

혜주는 간단하게 말했다.

"만능술사."

"그게 뭐냐?"

"골드핑거."

"아, 그거?"

뭔가 기대한 고재영은 실망한 표정을 지었다. 선우가 골드
핑거라는 건 이미 알고 있는 사실이다.

"그런 거 하는 데 비서까지 필요한 거니? 혜주 너처럼 굉장
한 비서가 필요한 거고?"

고재영은 혜주가 얼마나 유능한 재원인지 잘 알고 있다.

혜주는 고재영을 놀라게 해줄 생각이다.

"선우 씨가 해결한 일 하나만 얘기해 줄까?"

고재영은 선우가 북한 군부 남당 책임 비서 상병오 일가를
구한 일을 잘 알고 있다.

그 당시에 고재영도 한몫 단단히 거들었다. 그래서 혜주가
그 얘기를 하려는 거라고 짐작했다.

"장병호라면 알고 있다."

"큰삼촌, DDG—1000이라고 알고 있어?"

불과 얼마 전에 중국이 미국의 최첨단 줌왈트급 구축함 DDG—1000을 탈취해서 몰래 해체하다가 발각되어 전 세계가 발칵 뒤집힌 사건을 모르는 사람은 없다.

"그거 모르는 사람이 어디 있니?"

"그거 선우 씨가 해결했어."

"……"

고재영은 눈을 껌뻑거렸고, 유승희는 술을 마시다가 움찔 놀라서 술을 엎질렀다.

"혜주 너, 농담하는 거지?"

고재영은 혜주가 한 말이 사실일 거라고 1%도 믿지 않았다.

"선우 씨한테 물어봐."

고재영이 선우를 쳐다보았다.

"선우야."

선우는 설마 혜주가 DDG—1000을 말할 줄은 몰랐다. 하지만 이미 엎질러진 물이고 가족이나 같은 고재영에게 말하는 건 괜찮았다.

선우는 엷은 미소를 지었다.

"맞습니다. 제가 했습니다."

"어……."

선우까지 그렇다고 하면 이건 믿어야 한다.

고재영과 유승희는 경악하는 표정으로 선우를 바라보며 한동안 아무 말도 하지 못했다.

이쯤 되면 누구라도 하는 말이 있다.

"정말이냐?"

"그렇습니다."

혜주는 약 팔러 온 여자처럼 두 손을 비볐다.

"자, 지금부터 선우 씨가 어떻게 DDG−1000이 중국에 있는지 알아내고 또 전 세계에 터뜨렸는지 생생하게 증언할 테니까 잘 들어요."

고재영과 유승희는 눈을 반짝거리며 선우를 쳐다보았다.

가만히 있던 선우는 분위기가 이상하게 돌아가자 혜주를 쳐다보았다.

혜주는 어서 설명하라는 듯 손짓을 해 보였다.

"내가?"

"그럼요. 제가 설명하면 긴박감이 떨어져요."

일이 이상하게 풀렸지만 고재영과 유승희가 잔뜩 기대하는 얼굴로 기다리고 있는 모습을 보니 못한다고 물러설 수도 없는 일이다.

선우의 설명을 다 듣고 난 고재영과 유승희는 기절할 정도로 놀랐다.

"야아, 너 정말……"

혜주가 미소 지으며 넌지시 한마디 했다.

"그거 때문에 미국 대통령이 선우 씨 만나자고 연락이 왔어."

"그으래?"

고재영의 입이 귀에 걸렸다.

"언제 만나는데?"

"기다리라고 했어. 선우 씨 바쁘거든."

"응?"

고재영은 어리둥절한 표정을 지었다가 잠시 후에 곱창집이 떠나갈 정도로 파안대소했다.

"푸핫핫핫핫핫!"

그는 선우의 어깨를 두드리며 엄지를 치켜세웠다.

"핫핫핫핫! 과연 선우다! 정필이가 반할 만하다!"

선우는 미아 매니저의 전화를 받고 술을 마시던 곱창집 밖으로 나갔다.

저만치 서 있는 승합차 스타크래프트 옆에서 미아 매니저 윤상미가 이쪽을 보면서 손짓하는 걸 발견하고 선우는 그곳으로 뛰어갔다.

윤상미는 가까이 다가온 선우에게 울면서 말했다.

"미아 죽었나 봐요. 어떻게 하면 좋아요? 병원에 가자고 하니까 선우 씨를 만나야 한다면서 얼마나 우기는지……."

그녀는 허둥대면서 승합차 옆문을 열어주며 더욱 심하게 흐느껴 울었다.

"여기 거의 다 와서 정신을 잃었는지 아니면 죽었는지 움직이지도 않고 말도 하지 않아요. 무서워죽겠어요. 어떻게 하면 좋아요?"

선우가 차 안으로 들어가자 윤상미가 따라 들어왔다.

흐릿한 조명 아래 뒤로 한껏 젖힌 푹신한 시트에 축 늘어져 누워 있는 미아의 창백한 모습이 보이자 선우는 가슴이 쿵 내려앉았다.

그가 봤을 때 미아는 영락없이 시체의 모습을 하고 있었다.

선우가 지난번에 미아네 집에서 그녀를 봤을 때도 충격과 후회 때문에 자책을 많이 했지만 지금은 그때에 비할 바가 아니었다.

미아가 죽었다면 그건 무고긴 선우의 책임이다. 선우가 미아를 죽인 것이나 마찬가지다.

섹스 그따위가 뭐라고 미아네 빌라에 갔을 때 그냥 못 이기는 척 품에 안고 한번 해주었으면 이렇게 후회할 일은 없을 것이다.

여자인 미아가, 그것도 순결한 그녀가 자신은 고통에서 벗어나면 된다고, 선우를 사랑하니까 괜찮다고 섹스를 하자고 하는 데도 선우는 사내자식이 그게 무슨 평생의 흔적이 남고 흠이 되거나 하는 것처럼 이 핑계 저 핑계 대면서 생지랄을 떨다가 애꿎은 여자 한 명 죽인 것이다.

"미아……."

선우는 떨리는 두 손을 뻗어 조심스럽게 미아의 얼굴을 쓰다듬었다.

"아, 오빠……."

그런데 미아가 눈도 뜨지 못한 채 파르르 떨면서 가느다란 목소리로 신음 소리를 내듯 선우를 불렀다. 선우의 목소리를 듣고 반응한 것이다.

"미아!"

미아가 죽지 않았다. 선우는 기쁨의 탄성을 터뜨리며 미아를 품에 안았다.

윤상미는 그걸 보고 미아가 죽지 않았다면서 와락 울음을 터뜨렸다.

미아는 선우 품속에서 할딱거렸다.

"오빠, 저 열심히 참았어요. 그런데… 너무 힘들어요. 죽을 거 같아요. 이제 못 참겠어요. 아아……."

선우는 가슴이 뭉클해서 미아의 머리를 쓰다듬었다.

"그래, 잘했다. 우리 미아, 훌륭하구나."

"오빠……."

미아는 정신을 잃어가면서 저 멀리 땅 끝에서 들리는 목소리처럼 선우를 불렀다.

선우는 불길함을 직감했다. 이대로 놔두면 미아가 죽을 것만 같았다.

그는 급히 미아에게 입맞춤을 했다.

하지만 미아는 입을 벌리지도 않았고 혀가 안쪽으로 말려 들어가고 있었다.

이제는 키스만으로는 미아를 살리지 못하는 상황에 직면한 것 같았다.

선우는 윤상미에게 손짓했다.

"윤상미 씨, 나가요."

"네?"

선우는 놀라는 윤상미의 등을 떠밀어 차 밖으로 내쫓고 차 문을 잠갔다.

선우로선 선택의 여지가 없었다.

미아를 이대로 놔두면 죽어버릴 것만 같았고 다시는 그녀를 살릴 기회가 없을 것 같았다.

으리으리한 호텔도 아니고 근사한 침대도 아닌 곳에서 미아는 입고 있던 트레이닝복 바지와 팬티만 벗겨진 채 순결을 잃었으며 선우는 태어나서 두 번째 섹스를 했다.

선우는 생애 첫 섹스를 하고 나서 겨우 세 시간 만에 두 번째 섹스를 한 것이다.

엄밀하게 말하면 미아는 환자였고 선우는 의사로서 치료를 해준 것이지만 세상의 잣대로는 섹스를 한 것이다.

선우는 스물네 살이고 미아는 스무 살이기 때문에 미성년자가 아니며 누구도 뭐라고 할 사람은 없었다. 만약 이것이 무거운 짐이라면 선우 혼자 안고 가야 할 것이다.

신혈을 먹으면 신족인 선우와 섹스를 해야만 살아갈 수 있다는 사실이 어불성설이지만 놀랍게도 미아는 고비를 넘겼다.

"오빠……."

정신을 차린 미아는 자신이 선우의 육중한 몸 아래에 깔린 상태로 누워서 그와 마주 보고 있는 것을 알게 되었다.

그러고는 곧 선우가 자신의 몸 안에 깊이 들어와 있는 것을 느꼈다.

선우가 사정을 했기 때문에 저승의 문턱을 넘어가던 미아는 되살아났다.

과연 한 움큼도 되지 않는 정액이 미아의 질과 자궁 속으로 들어간 것이 무슨 작용을 했기에 죽어가던 그녀가 살아났는지는 모르지만 어쨌든 그녀는 죽지 않았다.

선우는 흐릿한 불빛 아래 미아를 굽어보면서 중얼거렸다.

"미아, 미안하다."

"아니에요. 그런 말 하지 마세요."

선우가 몸을 일으키려고 하자 미아가 두 팔로 그의 허리를 힘주어서 안았다.

"오빠, 이대로 잠시만 있어요."

상황이 어쨌든 간에 미아에게는 이것이 첫 경험이고 첫 남자가 아직 자신의 몸 안에 있으므로 지금 이 상황을 조금 더 지속하고 싶었다.

미아는 더 이상 창백하지도 않고 고통스러워하지도 않는 맑은 눈빛으로 선우를 바라보았다.

아랫도리만 벗은 상태인 미아는 얼굴을 들어 선우 입술에 자신의 입술을 비볐다.

"제발 죄책감 갖지 말아요. 그러면 제가 너무 미안해요. 그리고 오빠는 저를 사랑하지 않아도 괜찮아요. 제가 오빠 몫까지 오빠를 사랑하잖아요."

"미아……"

선우는 마음이 쓰라렸다.

미아의 혀가 선우의 입속으로 들어왔다.

그 혀는 보통 평범한 여자의 혀가 아니었다.

너무나도 순수하고 착하며 아름다운 미아의 혀다.

선우는 그녀의 혀를 부드럽게 빨았다.

선우를 찾으러 곱창집 밖으로 나와 두리번거리던 혜주는 저만치에 주차해 있는 스타크래프트에서 선우가 내리는 것을 발견하고 그를 부르려고 하다가 얼른 손을 내렸다.

아니, 손을 내렸을 뿐만 아니라 급히 숨기까지 했다.

스타크래프트에서 한 여자가 따라서 내렸기 때문이다.

위아래 트레이닝복을 입었지만 멀리서 봐도 눈이 번쩍 뜨일 미모의 소유자다.

'미아!'

혜주는 화장도 하지 않은 민낯의 저 여자가 현재 대한민국 최고의 여자 아이돌 Top 3에 꼽히는 미아라는 사실을 한눈에 알아보았다.

미아는 화사하게 웃으면서 선우에게 손을 흔들며 뭐라고 말을 했는데 입 모양을 보니 '오빠, 사랑해요'라는 것을 혜주는 똑똑하게 알아보았다.

선우는 뒤돌아보거나 어떤 반응도 보이지 않은 채 곱창집을 향해 곧장 걸어갔다.

혜주는 급히 곱창집 안으로 들어왔다. 어째서 자신이 죄를 지은 것처럼 놀라서 심장이 미친 듯이 뛰고, 또 그에게 들킬까 봐 허둥거리는 것인지 알 수 없었다.

그런 자신에게 짜증이 났지만 생각하고는 상관없이 몸이 따로 움직였다.

그냥 평소처럼 선우에게 알은척을 하면서 '왜 그 차에서 나와요?'라든가, '방금 그 여자 미아 아니에요? 그녀하고 차 안에서 뭐 했어요?'라고 태연하게 물으면 될 일을 혜주는 지레 자기가 놀라서 도망쳤다.

선우 등은 근처에 있는 스포그가 보유한 빌라 중 한 곳으로 들어갔다.

최고의 교육과 훈련을 받은 팔대호신가 황림가의 여인들이 스포그가 서울 시내에 보유하고 있는 수십 채의 안가들을 관리하고 있기 때문에 언제 사용해도 최고급 호텔 이상의 편안함을 누릴 수 있었다.

선우 등은 술이 꽤 취했지만 빌라에 들어와서도 거실 소파에 모여앉아 계속 술을 마셨다.

술자리가 파해서 각자의 방으로 들어갈 때 선우가 혜주를 방으로 불렀다.

혜주는 선우가 무엇 때문에 자기를 따로 방으로 부르는지 머릿속이 복잡했다.

평소에는 모든 일에 머리가 팍팍 도는 그녀지만 지금은 두

가지밖에 생각나지 않았다.

첫째, 좀 늦은 감이 있지만 미가에서의 합방에 대해서 얘기를 나누려는 것이다.

둘째, 그게 아니라면 아까 곱창집 밖에서 본 스타크래프트의 미아에 대한 얘기일지도 모른다.

"앉아."

선우는 침대 옆 창가의 테이블을 가리키고는 냉장고에서 캔 맥주 두 개를 꺼내 와서 맞은편에 앉았다.

까각!

그는 캔 맥주 하나를 까서 혜주에게 내밀었다.

"내가 예전에 다 죽어가는 사람을 구하려고 내 피를 먹인 적이 있거든."

머리 좋은 혜주는 선우가 신혈을 미아에게 먹였을 것이라고 추측했다.

선우는 신혈을 먹으면 부작용으로 반신족이 되며 몇 달이 지나면서 무척 고통스러워하다가 일 년을 넘기지 못하고 죽게 된다는 사실에 대해서 혜주에게 설명했다.

설명을 듣고 난 혜주는 놀라는 표정을 지었다. 그녀로서는 처음 알게 된 사실이다.

"그래요?"

"혜주야."

"네."

"예전처럼 나한테 말 놔."

"……."

"네가 존대하니까 어색하다."

"……."

"네가 무슨 생각으로 존대를 하는지 짐작하겠어. 하지만 그게 무슨 의미가 있는 거니?"

혜주는 씁쓸한 표정을 지었다.

"그렇지?"

"그럼. 존대하니까 네가 멀게 느껴지잖아. 그러니까 예전처럼 말 놔. 알았지?"

"알았어."

혜주는 고개를 끄떡였다.

말을 놓으니까 그녀도 한결 마음이 편해졌다.

선우는 신혈을 먹은 여자들이 반신족이 되는 과정에 얼마나 고통스러워하는지에 대해서 설명했다.

그리고 그녀들을 구해서 온전한 반신족으로 만들려면 섹스를 하는 방법뿐이며, 그걸 오진훈이 가르쳐 주었다는 사실을 강조했다.

혜주는 신혈을 먹은 여자들이 반신족이 된다는 사실은 충격이지만 그걸 선우가 자기에게 솔직히 말해준 것에 대해서 고마움을 느꼈다.

"신혈을 먹은 여자가 누구야?"

"걸 그룹 베누스 멤버인 미아, 샤론 켈리, 그녀의 언니인 에일린 켈리, 세 사람이야."

선우의 골드핑거 활동에 대해서 빠삭한 혜주는 선우가 그녀들을 어떻게 구했는지도 잘 알고 있었다.

특히 뒤집힌 요트에 갇혀 있던 샤론 가족을 구할 때에는 혜주도 근처에 같이 있었다.

혜주는 조금 놀라는 표정을 지었다.

"그녀들은 셋 다 미성년자 아냐?"

"미아는 스무 살이고 샤론은 열일곱 살, 에일린은 열아홉 살이야."

선우는 캔 맥주를 만지작거렸다.

"어떻게 했으면 좋겠어?"

"다른 방법은 없는 거지?"

"할아범 말이 그렇대."

"그럼 어쩔 수 없지."

혜주는 절반쯤 남은 맥주를 단숨에 다 마시고 나서 가쁜 숨을 몰아쉬었다.

"그녀들을 살려야지."

"섹스로?"

혜주는 고개를 흔들었다.

"그건 섹스가 아냐. 주사를 놔주는 거야."

어떻게 미화를 하던 간에 섹스는 섹스다. 남자와 여자의 성기가 결합하면 세상에서는 그걸 섹스라고 부르지 주사를 놓는다고 하지는 않는다.

혜주도 그것을 알 텐데 굳이 '주사를 놔준다'고 에둘러서 말하는 것은 선우가 자신의 첫 남자이기 때문일 것이다.

선우는 신부 앞에서 고해성사를 하듯 말했다.

"미아하고는 아까 했어. 다 죽어가더라고. 사실 아까 미아를 봤을 때는 죽은 줄 알았어."

혜주의 몸이 작게 움찔했지만 선우는 고개를 숙이고 있어서 보지 못했다.

아까 선우가 곱창집 밖에 주차해 있는 스타크래프트에서 내리는 걸 봤을 때 차 안에서 미아와 섹스를 한 것이라고 혜주는 짐작했다.

혜주는 설핏 질투를 느꼈지만 곧 사라졌다. 질투는 사랑에 목숨을 거는 여자가 느끼는 것이다.

혜주는 선우를 사랑하고 있지만 그것에 목숨을 걸 정도의 집착은 아니었다.

또한 그녀는 보통 여자들보다 몇 배는 더 냉정하고 또 이성적이라서 지금의 상황을 잘 이해했다.

그것보다는 선우가 이런 얘기를 자신에게 해주었다는 사실이 고마웠다.

"앞으로 미아의 경과가 어떨지는 지켜봐야겠어. 그런데 문제는 샤론하고 에일린이야."

그녀들이 왜 문제인지 혜주는 안다. 그녀들은 아직 미성년자이기 때문이다.

"삼촌, 도덕적이고 윤리적으로 생각하면 그녀들이 죽는 것을 지켜보는 수밖에 없어."

선우는 씁쓸한 표정으로 아무 말도 하지 않았다.

혜주가 외려 선우를 설득하는 모양새가 되고 말았다.

"샤론과 에일린이 불치병에 걸려서 몇 달 살지 못하고 죽을 처지에 놓여 있고, 그걸 고칠 수 있는 사람은 세상에서 오로지 삼촌뿐이야. 그녀들은 환자고 삼촌은 의사라는 얘기지. 그런데 도대체 무얼 망설이는 거지?"

혜주의 설득은 선우에게 큰 힘이 되어주었다.

선우는 평소 자신이 대단한 결단력을 지녔다고 믿었는데 지금 상황을 보면 그렇지도 않은 것 같았다.

여자, 그것도 섹스에 대해서는 경험이 전무하다 보니 이것마저도 이성적으로 해결하려다가 버벅거리고 있는 것이다.

"설마 삼촌이 어쩌다가 이 지경이 돼버렸는지 한탄하든가, 어린 소녀들하고 어떻게 섹스를 하느냐는 어처구니없는 원론

적인 문제로 고민한다면 신강가의 재신으로서 자격이 없는 거
야. 나는 그렇게 생각해."

혜주는 극단적인 비유까지 서슴지 않았다.

"내가 샤론과 에일린의 부모라면 길게 생각할 것도 없이 샤
론과 에일린을 고쳐달라고 삼촌한테 애원하겠어. 삼촌이 누구
보다도 잘 알잖아? 생과 사, 삶과 죽음은 그렇게 치열한 거야.
삼촌은 그런 걸 모르지 않잖아. 다만 현실을 뛰어넘지 못해서
주저하는 거야."

"그런가?"

"부모는 자식이 전신마비가 되고 식물인간이 되어 생명 연
장 장치에 의존해서라도 이 세상에 존재하기를 간절하게 바
라. 그런데 그깟 섹스가 대수야? 자식이 식물인간이 되거나
죽는 것보다 억만 배 낫잖아!"

혜주는 답답한지 목소리가 커졌다.

선우는 고개를 끄떡였다.

"알았다. 이제 그만해."

주마가편(走馬加鞭), 그러나 혜주는 멈추지 않고 달리는 말
에 채찍을 가했다

"삼촌은 섹스 외에 다른 방법이 있는지 스포그 산하 메디컬
센터에 알아봐. 일단 샤론 부모는 내가 만나볼게."

폭탄선언이다.

"혜주야."

"모르긴 해도 지금쯤 샤론 부모는 속이 새카맣게 타들어가고 있을 거야. 딸들이 이유도 없이 시름시름 앓고 있는 것을 지켜보는 부모 마음이 어떻겠어?"

"음."

"장담하는데 샤론 부모는 삼촌 앞에 무릎 꿇고 빌어서라도 딸들을 살리려고 할 거야."

에일린은 만 나이로 19세니까 미성년자가 아니지만 샤론은 아직 17세로 미성년자이다.

그러나 그렇게만 생각하고 이 일을 미룬다면 샤론은 미성년자인 상태로 죽음을 맞이하게 될 것이다.

선우는 자신이 고민하던 것을 해결하려고 설득하는 혜주가 고마웠다. 그리고 그녀의 냉철함을 높이 평가했다.

슥—

자신의 할 일을 끝냈다고 생각한 혜주가 일어섰다.

"잘 자."

선우는 손을 뻗어 혜주의 팔을 잡았다.

"기다려."

혜주는 팔을 잡힌 채 그를 바라보았다.

"할 얘기 남았어?"

"할 얘긴 끝났고, 할 일이 남았어."

"할 일? 그게 뭔데?"

선우는 혜주를 잡아당겨 자신의 무릎에 앉혔다.

"아……."

혜주는 깜짝 놀라서 반사적으로 그를 뿌리치면서 일어나려고 작게 몸부림쳤다.

선우는 그녀를 뒤에서 꼭 안았다.

"같이 자자."

"……."

선우는 두 손으로 혜주의 풍만한 가슴을 쓰다듬었다.

혜주는 자신의 가슴을 쓰다듬다가 가만히 주무르고 있는 선우의 두 손을 내려다보았다.

방금 전까지만 해도 그토록 총명하고 명료하던 그녀의 두뇌가 지금 이 순간 멍해졌다.

"재신과 미가녀가 아닌 선우와 혜주로서."

혜주는 가슴이 뭉클하면서 두 눈에 눈물이 차올랐다.

그녀는 작게 앙탈을 부렸다.

"아까처럼 또 그러려고?"

선우는 한 손을 혜주의 셔츠 안으로 깊이넣어 뭉실뭉실하고 풍만한 가슴을 손안 가득 잡았다.

"미안해. 안 그럴게."

그러면서 다른 손은 치마 속으로 들어가 매끄러운 허벅지를 쓰다듬으며 위로 깊숙이 스며들었다.

아까 선우는 혜주에게 한마디 말도 하지 않고 마치 의무를 치르는 사람처럼 행동했다.

냉철하기 짝이 없는 혜주는 눈물을 주르륵 흘렸다.

선우의 손이 팬티에 닿자 혜주는 다리를 한껏 오므렸다.

선우는 혜주의 귀에 입술을 대고 속삭였다.

"나도 너처럼 처음이라서 긴장했어. 그렇지만 이번에는 그러지 않을 거야."

혜주의 다리에서 힘이 빠지는 순간 그의 손이 재빨리 팬티 안으로 들어갔다.

혜주는 몸을 움찔 떨었다.

"혜주야."

"아, 삼촌……."

집요한 애무에 몸을 바들바들 떠는 혜주를 선우가 번쩍 안고 침대로 걸어갔다.

우주희의 휴대폰에 모르는 번호로 전화가 걸려 왔다.

그녀의 휴대폰은 선우가 새로 마련해 준 것이기 때문에 전화번호를 아는 사람은 선우와 줌왈트 팀 동료뿐이다.

"여보세요."

─유경훈이라고 합니다.

우주희로선 한 번도 들어본 적이 없는 목소리와 이름이 휴대폰에서 흘러나왔다.

"누구라고요?"

—대검찰청 공안부 검사 유경훈입니다.

"아……"

그제야 우주희는 그가 누군지 깨닫고 움찔 긴장했다. 공안검사 유경훈이라는 사람한테서 전화가 올 거라고 얼마 전에 선우가 말했다.

메마른 듯 냉정한 목소리가 우주희의 귀에 꽂혔다.

—우주희 씨는 지금부터 자유롭게 활동해도 됩니다.

우주희는 귀가 번쩍 뜨였다.

"정말인가요?"

—국정원에서 우주희 씨에 대한 수배를 해제했습니다.

"고맙습니다!"

우주희는 기뻐서 외쳤다.

그녀는 애인 김인준과 함께 줌왈트 팀이 두 번째 사무실로 사용하던 이곳 오피스텔에서 현관 밖에도 나가지 못하고 지내느라 답답했다.

"누구야? 뭐래?"

옆에 있던 애인 김인준이 통화를 끝낸 우주희에게 궁금하단 얼굴로 물었다.

우주희는 기쁜 얼굴로 설명했다.

"대검찰청 공안 검사야. 국정원에서 우리 수배를 해제했대. 이제 자유야."

"그래?"

김인준이 환한 표정을 지을 때 우주희의 휴대폰이 또 울렸다.

―우주희 씨.

"보스!"

선우의 목소리를 듣자마자 우주희는 반가운 일성을 터뜨렸다.

―전에 말한 대로 우주희 씨는 스팍스어패럴 한국 지사에 출근하고 김인준 씨는 엔젤증권에 나가도록 하십시오.

"인준 씨가 엔젤증권에요?"

그런 얘긴 없었다. 우주희의 수배가 풀리면 스팍스어패럴 디자인 총괄 팀에 다니게 될 거라는 얘기는 선우가 제의하고 그녀가 수락한 일이지만 김인준이 엔젤증권에 나가는 얘기는 처음이다.

"무슨 얘기야?"

"인준 씨더러 엔젤증권에 다니래."

"엔젤증권?"

휴대폰의 선우 말이 이어졌다.

─다닐 생각이 있으면 김인준 씨한테 여의도 엔젤증권 본사 총무과에 가보라고 하십시오. 그리고 지금 우주희 씨가 있는 그 오피스텔, 우주희 씨 명의로 이전했으니까 거기에서 지내도록 하세요.

"네에?"

우주희는 소스라치게 놀랐다. 설마 선우가 이 오피스텔을 그녀에게 줄 거라고는 꿈에도 상상하지 못했다.

─김인준 씨와 잘 상의해서 결정하세요.

"알았어요."

전화를 끊고 우주희는 김인준과 얘기했다.

"인준 씨, 어떻게 할래? 엔젤증권 다닐래?"

원래 증권맨인 김인준은 엔젤증권이 증권사 중에서 연봉 갑이라는 걸 알고 있었다.

"다닐 거면 내일 엔젤증권 총무과에 가보래."

김인준은 긴장한 표정을 지었다.

"일단 내일 가볼게."

우주희는 입이 귀에 걸려서 싱글벙글했다.

"인순 씨, 그리고 선우 씨가 이 오피스텔 내 이름으로 명의 이전 했대."

"뭐?"

우주희는 꿈을 꾸는 듯한 표정으로 말했다.

"내가 알아보니까 이 오피스텔 현재 매매가가 19억이야."

"……."

우주희는 김인준의 손을 잡았다.

"우리 1억짜리 원룸 전세 살았는데 19억짜리 48평 오피스텔이 내 것이 됐어. 믿어져?"

우주희는 노래를 부를 것 같은 얼굴로 김인준의 손을 잡고 흔들었다.

"이걸 나한테 선뜻 주다니, 선우 씨, 굉장하지 않아?"

"가만."

김인준은 자신의 휴대폰을 꺼냈다.

"선우라는 사람, 강 씨 아니었어?"

"맞아. 강선우야."

김인준은 서둘러서 휴대폰으로 인터넷 검색을 하더니 깜짝 놀랐다.

"이런 맙소사!"

"왜 그래?"

그는 휴대폰을 우주희에게 보여주었다.

"이 사람, 선우라는 사람 맞지?"

그는 휴대폰 검색으로 나온 사진을 확대했다.

"맞아, 이 사람 선우 씨야."

우주희는 사진을 축소하여 설명을 읽다가 눈을 휘둥그렇게 뜨면서 놀랐다.

"말도 안 돼!"

설명에는 강선우가 국내 재계 순위 27위인 엔젤컴퍼니의 회장이라고 나와 있었다.

이럴 때는 선우에 대해서 조금쯤 알고 있는 우주희보다는 그를 모르는 김인준이 더 냉정할 수 있었다.

"강선우 씨는 엔젤컴퍼니 오너야. 엔젤증권은 엔젤컴퍼니의 자회사라고."

"이거 잘못된 거 아니지?"

김인준은 휴대폰의 사진을 손가락으로 두드렸다.

"나 이 사람 처음 봤을 때 어디에선가 본 적이 있다는 생각이 들었어. 그런데 설마 엔젤컴퍼니의 강선우 씨일 줄은 몰랐어. 우리 증권가에서는 이 사람을 신탁(神託)이라고 불러. 한때 주식 갤러리들이 이 사람을 신으로 추앙했기 때문이지."

"신탁… 들어본 적 있는 거 같아."

김인준은 잠시 생각하다가 결심한 듯이 말했다.

"나 엔젤증권 들어가겠어."

"정말?"

김인준은 힘 있게 고개를 끄떡였다.

"응. 그래서 신탁의 기사가 될 거야."

"신탁의 기사?"

"엔젤컴퍼니 내에서 최정예 군단을 '신탁의 기사'라고 불러. 신탁의 기사가 되면 게임 끝이야."

"음……."

혜주는 아주 행복한 기분을 느끼면서 잠에서 깨어났다.

눈을 뜨자 커다란 침대에 그녀 혼자 누워 있었다.

몸을 일으켜서 둘러보니 선우는 보이지 않고 이불이 흘러내려 벌거벗은 상반신이 드러났다.

이불을 조금 살짝 들춰보니 아랫도리까지 벗고 있는 모습이 보였다.

그리고 몸을 움직이자 허벅지 안쪽에서 뻐근함이 묵직하게 전해져 왔다.

혜주는 어젯밤 선우와 격렬하게 사랑을 나눈 일을 떠올리고는 얼굴이 화끈거렸다.

그리고 선우가 한 말이 생각났다.

"혜주, 너 색녀 같아."

*   *   *

유승희는 성동구 금호동 메가테리움 101동 지하 제어실에 내려갔다가 올라왔다.

일 층 출입구 안에서 기다리고 있던 선우와 고재영이 계단을 올라오는 유승희를 쳐다보았다.

"어때?"

관리실 직원 복장의 유승희가 두 사람에게 걸어왔다.

"8001호에서 물하고 와이파이를 사용하고 있어요."

고재영이 입꼬리를 말아 올리며 미소 지었다.

"역시 쥐새끼들이 잠복하고 있군."

선우가 고재영에게 물었다.

"어떻게 할까요?"

선우도 충분히 처리할 수 있지만 이 일은 고재영의 방식에 따를 생각이다.

그가 선우 아파트에 권보영의 부하가 잠복해 있을 것이라고 추측했기 때문이다.

"쥐새끼들을 잡는 것은 어렵다."

"죽입니까?"

"우리가 죽이지 않더라도 잡힐 위기에 처하면 놈들은 여러 가지 방법으로 자살을 선택한다."

고재영이 손을 내밀었다.

"카드 다오."

선우는 아파트 마스터 카드를 내주었다.

고재영은 카드를 받아서 작업복 윗주머니에 넣고 엘리베이터로 걸어갔다.

"선우야, 너는 차에서 기다려라."

"죽이게 되면 시체는 그냥 놔두십시오."

유승희와 걸어가던 고재영이 멈춰서 뒤돌아보았다.

"죽인 직후 깨끗하게 처리하는 게 낫다."

선우는 고재영과 유승희가 시체까지 들고 나오면 번거로울까 봐 뒤처리 전담인 클리너A에게 시키려고 했는데 고재영의 말도 일리가 있었다.

선우는 고개를 끄떡였다.

"지하 2층으로 내려오세요."

선우는 고재영과 유승희가 탄 엘리베이터가 올라가는 걸 보고 나서 다른 엘리베이터를 타고 지하 주차장으로 내려갔다.

선우는 지하 2층에서 내려 주차해 놓은 벤츠 마이바흐 쪽으로 걸어갔다.

그가 고재영, 유승희와 타고 온 포르쉐는 지하 1층에 있지만 포르쉐는 트렁크 용량이 작아서 시체를 실을 수가 없었다. 마이바흐 트렁크라면 시체 서너 구는 충분히 실을 것이다.

저벅저벅.

그의 발소리가 조용한 지하 주차장을 나직하게 울렸다.

국정원에서는 골드핑거가 이정후라고 알고 있기 때문에 이정후에 대한 정보는 고스란히 붉은 마녀 권보영에게 전해졌을 것이다.

그렇기 때문에 선우가 이정후 이름으로 활동하는 것은 당분간 금지하는 것이 좋다는 게 정필과 고재영의 생각이다.

그리고 이쪽에서는 숨어서 이정후의 행동반경을 들여다보면서 권보영을 잡자는 계획이다.

선우는 자신의 마이바흐가 보이는 곳에서 주머니 속의 키를 눌렀다.

삐익~

마이바흐의 깜빡이가 켜지면서 문이 열렸다.

마이바흐 좌우에는 선우, 아니, 이정후의 차 석 대가 나란히 주차되어 있었다.

선우가 마이바흐 5m쯤에 이르렀을 때 맞은편에 일렬로 주차해 있는 승용차 중에서 한 차의 문이 열렸다.

철컥! 척!

선우는 그쪽을 쳐다보다가 움찔했다.

마이바흐 맞은편 검은색 국산 중형 승용차 네 개의 문이 동시에 열리면서 네 명의 사내가 내리고 있는데 그들의 손에 권총과 기관단총이 쥐어져 있는 것을 발견했기 때문이다.

선우는 위로 솟구쳤다.

투투타타타탓!

타타타탕탕탕!

그 순간 드럼을 마구 두드리는 듯한 폭음이 터지며 총탄이 소나기처럼 쏟아졌다.

콰차차차차창!

선우가 방금 전에 타려고 한 마이바흐가 벌집이 되며 순식간에 만신창이로 변했다.

지하 주차장의 거의 천장까지 솟구친 선우는 사내들을 향해 두 손을 뻗어 한꺼번에 열두 개의 금탄을 쏘아냈다.

사내들은 선우가 위로 솟구친 것을 한발 늦게 알아차리고 놀라면서 재빨리 총을 위로 치켜들었다.

퍼퍼퍼퍽!

"끅!"

"커헉!"

금탄이 사내들의 머리와 몸에 맞으며 비명이 쏟아지고 피가 튀었다.

너무 경황 중이라서 선우는 힘 조절을 하지 않고 즉각적으로 힘껏 공신기를 발휘했는데 금탄들이 사내들의 머리와 몸을 그대로 꿰뚫어 버린 것이다.

사내 세 명은 즉사했고, 한 명은 가슴과 옆구리에서 피를 흘리며 엎어져서 꿈틀거렸다.

선우는 바닥에 내려섰다가 사내들을 향해 걸어갔다.

중상을 입은 사내는 엎어진 자세로 바닥에 뺨을 댄 채 권총을 쥔 오른손이 몸 아래에 깔려 있었는데 선우를 쏘아보려고 눈을 희번덕이며 치떴다.

선우는 사내의 머리 앞에 멈춰 서서 굽어보았다.

"너희들, 권보영의 부하들이냐?"

"으으, 너… 이 새끼……."

사내가 꿈틀거리면서 선우의 발을 향해 왼손을 뻗는데 빈손이라서 선우는 가만히 있었다.

콱!

그런데 사내가 갑자기 선우의 발목을 힘껏 움켜잡았다.

그러고는 선우를 올려다보면서 징그럽게 얼굴을 일그러뜨리며 킬킬 웃었다.

"흐흐흐, 같이 죽자우."

순간 불길한 직감이 선우의 뒷골을 때렸다.

사내가 왼손으로 선우의 발목을 잡은 상태에서 몸을 왼쪽으로 굴려 세로로 세웠다.

그리고 거기 바닥에 그가 쥐고 있던 권총과 수류탄이 놓여 있는 것이 드러났다.

사내의 오른손 손가락에는 수류탄 안전핀이 뽑힌 채 대롱거리고 있었다.

선우는 다급하게 뒤로 상체를 쓰러뜨리면서 몸을 날려 공신기를 발휘해 앞의 벽을 쳤다.

꽈쾅!

그는 한 승용차 지붕에 떨어졌고, 엄청난 폭음이 지하 주차장을 울렸다.

그는 방금 떨어진 승용차 지붕에서 아래 바닥으로 훌쩍 뛰어내리며 수류탄이 터진 곳을 쳐다보았다.

사내는 형체를 알아볼 수 없을 정도로 짓이겨지고 찢어진 채 널브러져 있고, 주위에는 핏덩이와 살점이 지저분하게 흩어져 있었다.

한마디로 지옥을 보는 것 같았다.

선우는 자신의 발을 내려다보았다. 사내의 손은 여전히 오른발 발목을 움켜잡고 있으며, 어깨에서 뽑힌 것처럼 찢어진 팔이 매달려 있었다.

쏴아아아!

그때 천장의 스프링클러가 작동하면서 물을 뿌렸다.

선우는 오른발을 털어서 사내의 팔을 떼어냈다.

그는 엘리베이터로 걸어가면서 고재영에게 문자를 보냈다.

[놈들을 죽였으면 시체는 놔두고 포르쉐로 오십시오.]

이곳 지하 주차장 2층에는 잠시 후에 아파트 경비들과 관리실 직원, 그리고 경찰과 소방대원들이 들이닥칠 것이다.

선우는 지상 일 층에서 엘리베이터를 내려 아파트를 나가 포르쉐를 주차해 놓은 곳으로 빠르게 걸어가며 혜주에게 전화를 걸었다.

"혜주야."

—삼촌, 어떻게 됐어?

선우와 고재영, 유승희가 이곳에 온 줄 알고 있는 혜주는 결과가 궁금했다.

"일이 생겼어."

선우는 조금 전 지하 주차장 2층에서 일어난 일을 빠르고 짧게 설명했다.

"그거 뒤처리 좀 해줘."

—알았어, 삼촌.

선우는 통화를 끝내려다가 지나가는 말처럼 물었다.

"괜찮지?"

—뭐가?

"안 아파?"

혜주가 대뜸 알아차렸다.

—몰라!

그녀는 빽 소리를 지르고 전화를 끊었다.

피바람 177

잠시 후 고재영과 유승희가 포르쉐로 돌아왔다.

선우가 포르쉐를 출발시키자 고재영이 말했다.

"너희 아파트에 두 놈이 숨어 있었는데 처리했다."

"죽였습니까?"

"그래."

"시체는 어떻게 했습니까?"

고재영이 뒷자리의 유승희에게 물었다.

"승희야, 시체 어쨌니?"

"이불에 싸서 작은방 벽장에 넣어두었습니다."

유승희 혼자서 권보영 부하 둘을 죽이고 시체를 처리했으며, 고재영은 선우네 펜트하우스를 구경하고 있었다.

선우는 메가테리움을 빠져나갔다.

"지하 주차장에서 문제가 있었습니다."

선우의 설명을 들은 고재영이 뺨을 씰룩거렸다.

"권보영답다."

그는 선우의 어깨에 손을 얹었다.

"괜찮은 거냐?"

선우는 싱긋 미소 지었다.

"괜찮습니다."

"너도 한가락 하는구나."

선우는 중상을 입은 사내가 선우의 발목을 움켜잡고 수류탄을 터뜨려서 폭사했다는 말은 하지 않았다. 구구절절 설명하는 것은 그의 성격에 맞지 않았다.

고재영이 심각한 표정을 지었다.

"지금 권보영은 네가 다니는 회사를 감시하고 있을 거다. 그녀를 잡으려면 회사로 가야겠다."

선우가 고재영을 쳐다보았다.

"권보영이 형님 얼굴을 압니까?"

고재영이 얼굴을 찌푸렸다.

"그동안 우린 수십 번이나 부딪쳤다. 권보영은 우리 일이라면 기를 쓰고 덤빈다."

"왜 그럽니까? 단지 충성심만으로 보기는 어렵군요."

고재영이 씩 웃었다.

"너도 예리한 구석이 있구나."

선우는 벙긋 웃었다.

"뭔가 있군요?"

고재영이 턱을 쓰다듬었다.

"이건 순전히 내 개인적인 감인데… 권보영이 정필을 사랑하고 있는 것 같다."

선우는 깜짝 놀랐다.

"네? 어떻게 그럴 수 있죠?"

고재영이 의미심장한 미소를 지었다.

"20년 전에 정필이하고 권보영은 치열하게 싸웠다. 그 당시 권보영은 북한 보위부 연변파견대 대장이었는데 정필은 연변을 기반으로 탈북자들을 돕고 있었으니까 걸핏하면 부딪쳐서 서로 죽일 듯이 싸웠지."

고재영이 손을 저었다.

"그러다가 정이 든 거겠지."

"싸우다가 정이 듭니까?"

"그러게 말이다."

권보영이 정필을 사랑한다는 사실은 뜻밖이다. 그렇다고 고재영이 거짓말을 할 리가 없다. 정필의 최측근인 그의 말이라면 누구보다 정확할 것이다.

"권보영이 정필 형님을 사랑하는데 어째서 원수지간이 된 겁니까?"

고재영이 피식 웃었다.

"정필이 권보영을 거들떠보지도 않으니까 그렇지."

"아, 짝사랑이로군요?"

"정필이 결혼을 하니까 권보영이 그를 죽이겠다고 날뛰기 시작한 거다."

"사랑이 원한으로 변했군요."

선우는 생각난 듯이 물었다.

"형님, 권보영 사진 있습니까?"

고재영은 휴대폰에 저장해 놓은 권보영의 사진을 보여주었다.

권보영의 사진은 여러 장이었는데 선우는 운전을 하면서 사진을 차례로 넘기면서 훑어보았다.

권보영 본인이 모르게 찍은 사진들이며 30대 중반쯤의 나이에 대단한 미인이다.

선우는 휴대폰을 고재영에게 돌려주었다.

"이 사진들, 저한테 보내주십시오."

선우는 고재영이 자신의 휴대폰으로 보낸 사진들을 다시 혜주에게 보내고 나서 전화를 했다.

"그 여자 찾아봐."

권보영이 국내에 들어왔다면 거리를 돌아다닐 테고, 거리 곳곳에 설치된 CCTV에 찍혔을 것이다.

선우는 종태에게도 사진을 보내고 같은 주문을 했다.

고재영이 선우에게 물었다.

"찾아낼 것 같니?"

"권보영이 두문불출하지 않는다면 찾지 않겠습니까?"

"권보영은 변장의 귀재다."

"네?"

선우는 어이없다는 표정을 지었다.

"조금 전의 그 사진은 뭡니까?"

"10년 전에 변장하지 않았을 때 사진이다."

그때 선우 휴대폰에 메일이 왔다.

확인해 보니 혜주가 보낸 사진 몇 장과 문자다.

금호동 삼촌 아파트 메가테리움에 아까 삼촌이 보내준 여자가 침입했을 때 CCTV에 찍힌 사진이야.

선우는 휴대폰의 권보영 사진을 고재영에게 보여주었다.

"권보영 맞습니까?"

"그래, 권보영이다. 아까 그 메가테리움 같은데?"

"맞습니다. 변장을 하지 않은 모습이죠?"

"권보영이 방심했군."

CCTV로 권보영을 쉽게 찾을 수 있을 것이라는 선우의 예상은 빗나갔다.

사흘이 지나도록 서울을 중심으로 전국의 CCTV를 훑었지만 권보영의 모습은 발견되지 않았다.

선우가 이정후의 신분으로 다니는 스팍스어패럴 한국 지사 주변에서도 권보영과 부하들로 추정되는 자들의 모습은 발견되지 않았다.

금호동 메가테리움에서 여섯 명의 부하를 잃은 권보영이지만 마치 존재하지 않는 것처럼 아무런 행동도 취하지 않았다.

선우가 미아에게 전화를 하니 4일 전 그녀의 차 스타크래프트 안에서의 섹스 이후 전혀 아프지 않고 있다면서 수줍은 목소리로 말했다.

그것으로 미아의 일은 한시름 놓게 되었다.

선우로선 샤론과 에일린의 일은 혜주에게 떠넘겨 둔 채로 발등의 불을 피하고 있는 상황이다.

만약 정말로 최악의 상황이 닥치면, 즉 선우가 샤론과 에일린하고도 섹스를 해야만 한다면 그거야말로 절망이다.

오늘 아침에 스포그 커맨드(사령탑)에서 사람이 와서 선우의 신혈을 조금 채혈해 갔다.

스포그 내의 의학 팀이나 메디컬 센터에서 신혈을 갖고 연구하게 될 텐데 사실 선우는 거기에 거는 기대가 최후의 보루라고 할 수 정도로 컸다.

그 연구가 실패하거나 너무 늦어진다면 선우에게 불행한 일이 닥치고 만다.

전혀 예상하지 않은 일이 벌어졌다.

둠왈트 팀의 선녀가 실종됐나.

이틀 동안 스팍스어패럴 한국 지사에 출근하지 않았는데 이종무나 우주희는 그냥 평범한 결근이려니 여겼다는 것이다.

그런데 선녀네 집에서 스팍스어패럴로 연락이 왔다. 선녀가 이틀째 집에 들어오지 않고 있다는 얘기였다.

선녀네 가족은 그녀가 갈 만한 곳은 죄다 찾아봤는데 어디에도 흔적을 남기지 않았다고 한다.

선우는 선녀가 실종됐다는 전화를 받는 순간 반사적으로 권보영이 떠올랐다.

권보영이 선녀를 납치했을 거라는 생각이 번쩍 떠오르더니 확신으로 굳어졌다.

권보영은 선녀를 이용해서 선우를 끌어내리려는 것 같았다.

옛말에 복은 쌍으로 오지 않고 불행은 홀로 오지 않는다고 했다.

선녀가 실종됐다는 전화를 받은 지 세 시간이 지났을 때 이번에는 점심 식사를 하러 나간 우주희가 회사로 돌아오지 않고 있다는 연락을 받았다.

설마 하는 생각은 들지 않았다.

선녀에 이어서 우주희도 실종, 아니, 권보영에게 납치를 당했다는 직감이 들었다.

스파스어패럴 한국 지사 디자인 총괄 팀 팀장 앞으로 한 통의 메일이 도착한 것은 그로부터 다섯 시간 후다.

여자 둘을 살리고 싶으면 이정후 혼자 나와라.

그러고는 장소와 시간이 명시되어 있었다.

선우는 고재영과 유승희에게 말하지 않고 조사할 게 있다고만 말하고 밖으로 나왔다.

포르쉐를 타고 출발하고 나서 혜주에게 전화를 했다.

"현승원 데려다 놔."

혜주는 조금 놀랐다.

―국정원장 현승원?

"그래."

혜주는 아무렇지도 않게 대답했다.

―알았어.

선우는 국정원장 현승원이 권보영을 알고 있을 것이라고 확신했다. 아니, 알고 있을 뿐만 아니라 물심양면 권보영에게 협력하고 있을 것이다.

권보영이 선우의 사람을 납치했다면 선우도 가만히 있어서는 안 된다.

현승원을 건드리는 짓은 나중에 하려고 했는데 일이 이렇게 된 이상 어쩔 수 없었다.

권보영은 잔인하기 짝이 없기 때문에 수틀리면 선녀와 우주희에게 무슨 짓을 할지 모른다.

현승원이 국정원 안에 있을 때는 그를 납치하는 것이 어려울 테니 퇴근 후가 될 것이다.

선우는 포르쉐를 뚝섬 한강공원 주차장에 세우고 약속 장소인 바로 옆 자연 학습장까지 천천히 걸어갔다.

자연 학습장은 나무와 풀이 제법 울창하고 양쪽으로 오솔길이 구불구불하게 나 있었다.

선우는 아무도 없는 자연 학습장을 걸어가면서 자연스럽게 주위를 둘러보았다.

멀지 않은 강 쪽 숲속에서 두 명의 숨소리가 감지됐다.

제29장
미남과 마녀

선우는 모르는 척하고 계속 걸어갔다.

그는 아무런 장치도, 대비책도 하지 않고 혼자 이곳에 왔다.

재신이 된 선우에겐 팔대호신가 행동대 최고 정예 여덟 명이 자동적으로 배정되었다.

팔대호신가에는 행동대가 일정(一精)에서 구정(九精)까지 있으며, 오위가라면 오위일정, 오위구정이라 칭하고, 민영가라면 민영일정, 혹은 민영구정이라 칭한다.

재신 선우에게 배정된 여덟 명은 팔대호신가 각 호신가에서 최고인 일정 중에서도 우두머리 일정주(一精主)다.

각 일정주 휘하에는 일정부터 구정까지 삼천 명 이상의 부하가 있다.

삼천 명을 일정주가 총지휘하고 그 아래 수백 명의 각 정주들이 행동대를 지휘하고 있다.

그런데 선우는 그들 팔대호신가의 일정주들에게도 자신의 행방을 알리지 않았다.

선우의 전방 오른쪽 숲에서 점퍼 차림의 사내 한 명이 걸어나오며 선우에게서 시선을 떼지 않았다.

오른쪽 숲속에 두 명이 있었는데 한 명만 나온다는 것은 다른 한 명이 선우의 뒤로 접근한다는 뜻이다.

선우는 공신기를 일으켜 공기를 단단하게 만들고는 몸 주위에 보이지 않는 무형의 벽을 쳐서 기습에 대비했다.

앞쪽에 나타난 사내는 우뚝 서서 선우가 가까이 오기를 기다리고 있으며, 왼손에는 둘둘 만 신문을 쥐고, 오른손은 신문 끝에 머물러 있다. 아마 신문 안에는 권총이 있을 것이다.

선우가 돌아보려고 하는데 뒤쪽에서 나직하게 위협하는 목소리가 들렸다.

"뒤돌아보지 말고 계속 걸어가라."

정면의 사내 1은 선우가 가까이 걸어와서 멈추자 얼굴에서 시선을 떼지 않고 물었다.

"네가 이정후냐?"

선우는 고개를 끄떡였다.

"그렇다."

사내 1이 슬쩍 인상을 썼다.

"너 새끼래 말을 그따위로밖에 못 하갔니?"

선우는 조용히 말했다.

"너희들 목적이 나를 데려가는 것이냐, 아니면 나한테 존댓말을 듣는 것이냐?"

쿡!

"이 새끼, 죽고 싶니?"

뒤의 사내 2가 선우 등허리에 권총인 듯한 물체를 찌르면서 엄포를 놓았다.

선우는 권보영이 선녀와 우주희를 납치한 것에 화가 난 상태라서 사내들이 쓸데없는 일을 갖고 껄떡거리자 은근히 부아가 치밀었다.

그는 느릿하게 몸을 돌렸다.

"뒤돌아보지 말라고 했다이!"

사내 2가 언성을 높였지만 선우가 듣지 않고 돌아서자 사내 2가 바짝 다가서며 가슴에 권총을 쏠 깃저림 떨렸다.

쿡!

"간나 새끼, 죽여 버리갔어."

탁!

선우는 재빨리 권총의 총신을 잡아채는 것과 동시에 총구로 사내 2의 목을 찔렀고, 그와 동시에 뒤쪽으로 발을 뻗어 또 다른 사내 1의 턱을 가볍고 짧게 끊어 찼다.

탁!

"컥!"

턱을 맞은 사내 1은 허공으로 둥실 떠올랐다가 땅바닥에 떨어지며 기절했고, 앞쪽 사내 2는 권총이 목을 찌르는 바람에 꼼짝도 하지 못했다.

선우는 사색이 된 사내 2의 목에서 권총을 떼고 쓰러진 사내 1을 가리켰다.

"저놈, 깨워라."

사내 2가 비칠거리면서 쓰러진 사내 1에게 다가가더니 선우의 눈치를 보면서 사내 1의 뺨을 때렸다.

찰싹! 짜악!

"이보라우, 날래 일어나라우."

얼마나 세차게 뺨을 후려갈겼는지 사내 1은 양 뺨이 벌개져서 정신을 차렸다.

선우가 강한 목소리로 명령했다.

"무릎 꿇어."

사내 1은 아직도 정신을 차리지 못하고 어리둥절한 얼굴이고, 사내 2는 못마땅한 표정으로 머뭇거렸다.

"이 새끼들이."

투쿵! 큐웅!

"으왓!"

"왁!"

선우가 좌우 땅에 소음 권총을 갈기자 사내들은 펄쩍 놀라며 번개같이 무릎을 꿇었다.

선우는 단단한 어조로 말했다.

"조용히 가자."

선우에게 제압당했다고 생각한 사내들은 무슨 뜻인지 몰라 선우를 쳐다보았다.

"나한테 존댓말을 하라는 둥 쓸데없는 요구 같은 거 하지 말고 그냥 조용히 권보영에게 가자는 말이다."

"아……."

"알아들어?"

사내들은 보일 듯 말 듯 고개를 끄떡였다.

"이 자식들이?"

선우가 한 대 걷어차려고 폼을 잡자 사내들이 기겁하면서 미친 듯이 고개를 끄떡였다.

"아, 알겠슴다!"

"명심하겠슴다!"

선우는 사내 2에게 권총을 내밀었다.

그러나 사내 2는 그게 무슨 뜻인지 몰라 겁먹은 얼굴로 선우의 눈치만 살폈다.

선우는 권총을 손잡이 쪽으로 돌려서 사내 2에게 조금 더 가깝게 내밀었다.

"받아라."

"……"

사내 2가 머뭇거리며 자신의 권총을 받았다.

선우는 사내 1에게 저만치 땅바닥에 떨어져 있는 둘둘 만 신문지를 가리켰다.

"너도 총 집어라."

사내 1이 엉금엉금 기어가 신문지 사이로 살짝 보이는 권총과 신문지를 집자 선우는 걷기 시작했다.

"가자."

사내들은 뒤에서 엉거주춤 따라왔다.

선우는 사내들의 위치를 잡아주었다.

"한 명은 앞에서 이끌고 또 한 명은 뒤에서 따라와야지."

사내들은 고분고분 말을 잘 들었다.

선우와 사내 1, 2가 강가에 서 있자 저만치에서 쾌속 보트 한 척이 물보라를 일으키며 달려왔다.

사내 1과 2는 권총을 손에 쥐고 있지 않고 주머니에 넣었다. 꺼낼 필요가 없었기 때문이다.

"타기요."

이윽고 보트가 강가에 다가와 멈추자 사내 2가 선우에게 친절하게 말했다.

선우는 보트를 몰고 온 정장 사내의 외모가 말쑥한 것을 보고 그가 북한에서 온 공작원이 아니라 한국인, 그것도 국정원 직원일 거라고 직감했다.

선우는 보트에 타자마자 국정원 직원일 거라고 짐작되는 사내에게 다가가 다짜고짜 팔을 뒤로 꺾었다.

뚜둑.

"으어… 억!"

사내는 난데없는 공격에 크게 놀라면서 비명을 질렀다.

선우는 사내의 다리 뒤쪽을 툭 쳐서 바닥에 주저앉게 만들고는 품속을 뒤져 지갑을 꺼냈다.

사내는 팔이 뒤로 꺾였기 때문에 고통으로 오만상을 한 채 반항하지 못하고 사내 1과 2를 쳐다보면서 이게 도대체 무슨 일이냐는 표정을 지었다.

사내 1과 2는 씁쓸한 표정을 지을 뿐 아무런 행동도 취하지 않고 지켜보고만 있었다.

선우는 국정원 직원이라고 짐작되는 사내의 팔을 꺾은 상태에서 한 손으로 사내의 지갑을 펼쳐서 살펴보았다.

운전면허증의 이름은 김명수이고 36세다. 운전면허증이 꽂힌 뒤쪽 칸에 또 하나의 신분증이 있으며, 국정원 안보수사국 직원 김명수라는 이름과 사진이 붙어 있다.

어설픈 자다. 북한 공작원을 도와주러 나오면서 버젓이 국정원 직원 신분증을 지니고 있다니 말이다. 위험한 일이라고 생각하지 않은 모양이다.

선우는 지갑을 김명수의 품속에 다시 넣어주고 나서 그에게 지나가는 말처럼 물었다.

"박중현이 시켰느냐?"

국정원 안보수사국장이 박중현이다. 그리고 우주희에게 지시한 흑색 요원 유닛 팀장 차진호도 박중현의 지시를 받았을 것이라고 짐작하고 있다.

그러니까 북한 공작원 일이라면 언제든지 박중현이 개입되어 있는 것이다.

"으으, 너, 누구냐?"

우두둑!

선우는 팔을 부러뜨릴 것처럼 더 꺾었다.

"끄아악!"

김명수는 죽는다고 비명을 질렀지만 선우는 개의치 않고 팔을 조금 더 꺾었다.

두둑.

"아아악!"

"박중현이 시켰느냐?"

먼발치에서 산책 나온 사람들이 쳐다보고 있었지만 상관하지 않았다.

사내 1과 2는 선우에게 당한 전력이 있으므로 그저 눈을 껌뻑거리면서 쳐다볼 뿐이다.

"이번에는 팔 부러진다."

"으아아! 그, 그렇습니다. 박중현 국장님이 지시했습니다. 제발……."

김명수는 팔이 부러지기 직전에 실토했다.

"이 보트, 어디로 가느냐?"

"아, 천호동 광나루공원으로 갑니다."

선우는 김명수의 팔을 놔주고 의자에 앉았다.

"가자."

"네?"

"광나루공원으로 가자."

김명수가 사내 1, 2를 쳐다보았다.

사내 1, 2가 고개를 끄떡였다

김명수는 사내 1, 2를 노려보면서 속으로 욕을 퍼부었다.

'병신 새끼들!'

15분 후 보트는 광진교를 지나서 광나루공원 선착장에 도착했다.

선우를 내려준 김명수는 보트를 되돌려 하류 쪽으로 뒤도 돌아보지 않고 줄행랑을 쳤다.

그러나 머리 위 높은 곳에서 드론 한 대가 보트를 촬영하면서 따라오고 있다는 사실을 그는 모르고 있었다.

선우는 보트를 타고 오는 동안 혜주에게 문자를 보내 김명수를 미행하라고 지시해 두었다.

그러고는 휴대폰에 저장되어 있는 것을 깡그리 포맷했다. 잠시 후에 휴대폰을 압수당할 것에 대비한 것이다.

사내 1이 앞서고 그다음에 선우, 맨 뒤에 사내 2가 일렬로 광나루주차장을 향해 걸어갔다.

주차장에는 한 대의 검은색 승합차와 두 명의 사내가 기다리고 있었다.

선우는 승합차에 태워져 안대를 하고 두 손에 수갑이 채워졌으며 지니고 있던 휴대폰과 지갑을 뺏겼다.

사내 1과 2는 선우가 눈이 가려지고 수갑이 채워져 조금 안도하는 표정이지만 입을 굳게 다물었다. 자신들이 선우에게 당한 일이 자랑할 만한 일은 아니었기 때문이다.

선우의 휴대폰은 한 사내에 의해서 분리되어 GPS 장치가 뽑혀서 박살 난 다음 그 사내의 주머니로 들어갔다.

주차장에서 승합차가 출발하는 것을 확인한 또 다른 두 명의 사내는 주차장 주변을 샅샅이 경계하면서 미행이 없는지 살펴보았다.

그러고 나서 근처의 승용차를 타고 승합차를 뒤따랐다.

선우는 안대를 해서 아무것도 보지 못하지만 승합차가 어느 방향, 어떤 길로 얼마나 가는지는 훤히 알고 있었다.

그런데 구태여 그걸 알 필요는 없었다. 잠시 후에 권보영을 만나게 되면 모조리 때려잡을 것이기 때문이다.

선우 머릿속에 메모리되어 있는 서울시 지도와 조금 전 그가 한강 광나루주차장에서 승합차를 타고 이동한 방향과 시간, 거리에 의하면 최종적으로 승합차가 멈춘 곳은 암사동 선사마을일 것이라는 계산이 나왔다.

암사동 한강변 올림픽도로 너머에 있는 전원주택 단지이며 50세대 정도가 모여 있다.

어느 저택으로 들어간 승합차가 멈추자 뒤쪽에서 철문이 닫히는 소리가 들렸다.

"내려라."

선우는 사내들에 이끌려 승합차에서 내린 뒤 어디론가 걸어갔다.

자그락, 자각.

발밑에서 자갈 부딪치는 소리가 났다.

철문이 열리고 계단을 걸어서 내려갔다.

지하실이다.

쿵!

철문이 닫히고 정적이 깔렸다.

그러나 선우는 숨소리만으로 지하실에 정확하게 여덟 명이 있다는 사실을 간파했다.

그런데 정면 10m 거리에 나란히 있는 두 사람의 숨소리가 매우 불안정하고 거칠었다. 그 두 사람의 숨소리가 선우 귀에 익었다.

그녀들은 선녀와 우주희일 것이다.

슥.

선우의 안대가 벗겨졌다.

지하실에는 흐릿한 불이 몇 군데 켜져 있으며 선우는 한가운데 서 있었다.

선우는 정면의 두 사람을 발견하고는 미간을 좁혔다.

그 두 사람이 선녀와 우주희라는 것을 선우는 한눈에 알아보았다.

두 여자는 벌거벗겨진 모습으로 두 손이 모아져 위로 뻗은 상태로 밧줄에 묶여 있었다.

그리고 그녀들 아래에는 큼직한 저수조에 물이 가득 찰랑거리고 있었다.

또한 두 여자의 몸이 흠뻑 젖어 있는 것으로 미루어 아래쪽 저수조에 빠져 있다가 들어 올린 모양이다.

선우의 양쪽에 서 있는 사내들 중 한 명이 그의 어깨를 눌러 바로 뒤에 있는 의자에 앉혔다.

"보스."

매달려 있는 우주희가 선우를 발견하고 울음을 터뜨렸다.

사흘 전에 납치된 선녀는 이놈들에게 고문을 많이 당했는지 파김치가 된 모습으로 눈을 간신히 뜨고 있지만 아무 말도 하지 않았다.

선우는 분노가 목구멍까지 치밀었지만 권보영이 나타날 때까지 꾹 눌러 참았다.

그때 사내들이 선우의 발목에 족쇄를 채우고 밧줄로 몸을 의자에 칭칭 묶었다.

선우는 사내들이 하는 대로 가만히 있었다.

팍!

전면에서 불이 확 켜지면서 헤드라이트 같은 강한 불빛이 선우를 비췄다.

선우는 이놈들이 자신이 이정후가 맞는지 얼굴을 확인하는 과정이라고 생각했다.

사내 중에 누군가 무미건조한 목소리로 말했다.

"이정후 맞습다."

─주사 놓으라우.

방금 주사를 놓으라고 지시한 것은 여자 목소리이며 육성이 아니다. 사내들이 귀에 꽂고 있는 이어폰에서 흘러나온 목소리를 선우가 들었다.

그렇다면 사내들에게 지시한 여자가 권보영이며, 지금 이지하실에 없다는 얘기였다.

하지만 권보영은 어디에선가 지켜보고 있을 것이다. 대한민국에 골드핑거를 납치하러 왔으며 그를 제압해서 데려다 놓았는데 권보영이 나타나서 직접 확인하지 않는 것은 이상한 일이다.

어쩌면 이곳에서 누가 촬영을 하고 있을지도 모른다.

주사는 마취 주사가 분명했다. 그걸 선우에게 주사하고 정신을 잃으면 권보영이 나타날 것이다.

권보영이 의심이 많은 데다 철저한 성격이라는 고재영의 말이 맞았다.

선우의 능력이 뛰어나니 숨어 있다가 마취가 확실하게 되면 나타나려는 것이다.

선우는 마취 주사를 맞아본 적이 없어서 그걸 자신이 제어할 수 있는지 확신이 서지 않았다.

선우에겐 여러 가지 초인적인 능력이 있지만 마취약에 대한 경험은 한 번도 없었다.

마취약을 그가 통제할 수 있으면 다행이지만 그러지 못하면 영락없이 권보영에게 제압되고 말 것이다.

선우가 마취되어 정신을 잃은 상태에서 무슨 짓을 할지 모르지만 가혹한 짓을 할 게 분명했다.

'어떻게 한다?'

사내 한 명이 주사기를 들고 선우에게 다가왔다.

지금 선우가 마취 주사를 맞기 전에 행동을 개시한다면 선녀와 우주희를 구하는 것은 물론이고 여기에 있는 놈들을 모조리 제압할 수 있다.

하지만 만약 마취를 당해서 꼼짝도 할 수 없는 몸이 된다면 권보영에게 제압되는 것은 물론이고 선녀와 우주희마저 죽게 될 것이다.

권보영은 선우를 제압했다고 해서 선녀와 우주희를 살려줄 정도로 자비심이 많은 여자가 아니다.

그녀는 무조건 선녀와 우주희를 죽일 것이다. 선우로선 권보영을 잡는 일이 무엇보다 중요하지만 선녀와 우주희의 목숨보다는 중요하지 않았다.

우주희는 선우를 본 순간부터 줄곧 흐느껴 울고 있으며, 정신이 온전하지 않은 상태인 것 같은 선녀는 뒤늦게 선우를 발견하고는 어금니를 악물고 있었다.

선우마저 붙잡혀 이 지경이 되었으니 이제 꼼짝없이 죽는 길밖에는 없다면서 절망에 빠져 있을 것이다.

'어쩔 수 없다.'

선우는 슬쩍 힘을 줘서 수갑과 족쇄, 밧줄을 한꺼번에 모조리 끊어버렸다.

투투둑, 꺼겅!

이어 양팔을 휘둘러 주사기를 갖고 다가오는 사내와 옆에 서 있던 두 사내를 한꺼번에 날려 버렸다.

퍼퍽!

"으악!"

"커흑!"

두 사내가 허공으로 붕 날려갈 때 둘러선 사내들이 일제히 권총과 기관단총을 선우를 향해 집중사격했다.

쿠타타타타탕! 투쿠쿠쿠웃!

선우가 무슨 짓을 할지 모르니 만반의 준비를 하고 있던 것이 틀림없었다.

선녀와 우주희 옆에서 그녀들의 두 손이 묶인 밧줄을 잡고 있던 두 명의 사내도 밧줄을 놔버리고 사격에 합류했다.

"아앗!"

풍덩!

선녀와 우주희가 비명을 지르면서 저수조에 빠졌다.

좁은 공간이라서 선우는 피할 곳이 마땅치 않았고, 공신기를 발휘해 금탄을 쏘아낼 겨를이 없다.

그 정도로 사내들의 사격은 신속했다. 사내들이 마치 기다렸다는 듯이 숨 쉴 틈도 주지 않고 집중사격을 할 줄은 예상하지 못했다.

선우는 수직으로 천장을 향해 솟구쳤으나 바닥에서 천장의 높이가 겨우 3m 남짓이라서 사격권을 벗어나지 못했다.

사내들은 사격을 가하면서 총구를 천장으로 향했다.

투타타타타탓!

지하실 전체가 소나기처럼 총탄으로 가득했다.

선우는 천장으로 솟구치는 것과 동시에 다시 바닥으로 내리꽂혔다가 바닥을 데구루루 맹렬하게 구르면서 공신기의 벽을 만들어 몸을 보호했다.

투투투타타타탓!

사내들이 발사한 총탄이 그의 온몸으로 쏟아질 때 그의 손에서 금탄 네 개가 한쪽 방향으로 뿜어졌다.

퍼퍼퍽!

"흐아악!"

"와악!"

한쪽에서 사격을 하던 두 사내가 얼굴과 몸통에 금탄을 맞고 피를 뿌리면서 비명을 질렀다.

선우는 저수조에 빠져 있는 선녀와 우주희 때문에 마음이
더없이 급했다.

투카카카캇!

"흐왁!"

선우의 금탄에 설맞은 사내가 동료의 집중사격에 벌집이 되
어 불꽃놀이를 하는 것처럼 피를 뿜었다.

선우는 마지막 네 명 중에 두 명을 향해 곧장 달려가면서
네 발의 금탄을 쏘아내고 또다시 저수조 양쪽에 있는 두 명
을 향해서 네 발을 발사했다.

쒜애애액!

파파파파팍!

"끄악!"

"커억!"

네 명의 사내는 한결같이 머리에 금탄을 맞아 관통되면서
몸이 뒤로 벌렁 젖혀지며 쓰러졌다.

사격이 멈추었다.

"으으으……."

즉사한 자도 있지만 아직 목숨이 붙어 있는 자는 꿈틀거리
면서 고통스러운 신음 소리를 냈다.

사내들은 모두 피 구덩이 속에 쓰러지고 요란하던 총소리

의 여운이 싸하게 흘렀다.

선우는 다급하게 저수조를 향해 달려갔다.

그러나 그 순간 그는 뭔가 이상한 느낌을 받았다.

폭풍 직전의 고요 같은 묘한 느낌이었다.

그는 무슨 일이 벌어질지 몰라서 반사적으로 공신기를 더욱 크게 일으켜서 온몸을 보호하며 저수조로 향했다.

짜아아—

그 순간 지하실 전체가 진저리를 쳤다.

그러고는 돌연 지하실 전체가 허공으로 둥실 떠오르는 것 같은 느낌과 함께 굉장한 폭음이 터졌다.

꽈르르릉!

그와 동시에 지하실이 허공으로 떠올랐다. 아니, 아래로 푹 꺼진 것 같았다.

선우가 어떻게 해볼 겨를도 없이 지하실이 사라져 버렸다.

폭발과 함께 붕괴해 버린 것이다.

선우는 기절하지 않았다.

공신기의 막이 그를 보호하고 있었기 때문에 지하실의 붕괴로도 그를 다치게 하지는 못했다.

하지만 공신기를 언제까지나 발휘하고 있을 수 없기 때문에 공신기가 소멸되는 순간 그는 돌 더미와 건물의 잔해에 온

몸이 깔리고 말았다.

그가 자신을 누르고 있는 건물 더미를 순전히 자력으로 헤쳐서 위로 솟구쳐 밖으로 나오는 데 30분이나 걸렸다.

지하실 위에 있던 저택이 박살 나서 잔해 더미가 그를 짓누르고 있었기 때문이다.

와르르!

그가 만신창이가 되어 흙투성이 모습으로 무너진 저택의 잔해 더미 속에서 빠져나와 일어서자 구조를 하러 온 소방대원이나 구경하러 온 동네 사람들이 모두 놀라서 탄성을 터뜨렸다.

"와앗!"

"사람이 스스로 나왔다!"

흙투성이가 되어 모습을 알아볼 수 없을 정도인 선우는 재빨리 구경꾼들을 둘러보았다.

구경꾼들 사이에 숨어 있을지도 모르는 권보영이나 그녀의 부하들을 찾으려는 것이다.

그런데 얼굴, 아니, 눈에 검불 같은 것이 많이 들러붙어서 사람들 모습이 잘 구분이 되지 않았다.

구경꾼들은 수백 명이나 됐는데 그들 중에 70%가 여자들이라서 권보영을 찾아내는 일이 쉽지 않았다.

그러나 그때 선우는 잔해 더미 속 저수조에 갇혀 있을 선녀와 우주희가 생각났다.

그는 재빨리 주위를 둘러보다가 포클레인을 발견하고 저수조가 있는 위치로 달려가며 소리쳤다.

"어서 여길 파요!"

다른 곳을 파고 있던 포클레인 기사가 어정쩡하게 구는 것을 보고 선우는 포클레인으로 뛰어올라 기사를 끄집어 내리고 직접 운전했다.

선우가 파 내려간 위치는 정확했다. 그러나 저수조까지 파는 데 20분이나 걸렸으며, 저수조에는 큼직한 돌덩이들이 가득 들어차 있었다.

천만다행으로 선녀와 우주희는 저수조에 커다란 돌덩이들이 쏟아져 채워지는 바람에 물이 넘쳐서 익사하지 않은 것처럼 보였다.

그렇지만 그 돌덩이들이 두 여자의 몸에 쏟아져 크게 다쳤다.

특히 머리를 심하게 다친 선녀는 마지막 순간에 물속으로 흘러내려 숨이 막혀 호흡이 정지된 상태다.

겉으로 보기에 선녀는 시체나 다름없는 모습이었다.

"주군, 앰뷸런스가 준비됐습니다."

재신저에서 한번 본 적이 있는 오위가의 일정주가 옆으로 다가와 공손히 말했다.

"즉시 호송하자."

어떻게 알았는지 혜주와 여덟 명의 일정주, 즉 재신팔정(宰神八精)이 선우가 포클레인으로 잔해를 파헤치고 있을 때 모두 이곳에 도착했다.

성신메디컬에서 온 소형 버스 크기의 앰뷸런스가 선녀와 우주희, 그리고 선우와 혜주를 태우고 출발했다.

선우와 혜주는 침대에 나란히 눕혀져 있는 선녀와 우주희 곁에서 의사들의 응급처치를 지켜보다가 물었다.

"어떻습니까?"

의사가 선녀에게 가슴 압박을 하면서 헐떡거리는 거친 목소리로 말했다.

"이 환자는 호흡은 물론이고 심장박동, 맥박이 모두 정지된 상태입니다."

"소생 가능성이 있습니까?"

"20분 이상 호흡을 하지 않은 상태인 것 같습니다만 전력을 다하고 있습니다."

선우는 자신이 알고 있는 익사(溺死)에 대한 지식을 총동원해 머리를 굴렸다.

"지금 혹시 잠수반사(潛水反射) 상태입니까?"

심장 마사지를 하고 있는 응급의는 전문적인 용어를 말하는 선우를 뜻밖이라는 표정으로 쳐다보았다.

"그렇습니다."

"최근 의학 정보에 의하면 한 시간 이상 물에 빠져서 호흡과 심장박동이 정지된 상태에서도 소생할 확률이 70% 이상이라고 알고 있습니다."

"하지만 그것은 뇌사 상태를 포함한 수치입니다."

"뇌사를 제외한 온전한 소생은 몇 %입니까?"

"25% 정도입니다. 그것도 최대한 빨리 호흡과 심장박동을 되돌려야 합니다."

선녀는 옆머리에 큰 상처를 입었지만 지금은 그것보다 심폐소생술을 하는 것이 급선무였다.

선우가 보기에 응급의는 전력을 다하고 있지만 선녀에게 별 효과가 없는 것 같았다.

그가 아무리 전력으로 심장 압박을 가해도 선녀는 깨어날 기미를 보이지 않았다.

"지금 이 환자의 심장이 다시 뛰게 하려는 것입니까?"

"심장이 박동하고 나면 호흡이 돌아옵니다. 그 직후 기도와 시도, 폐에 차 있는 물을 토해내야 합니다."

선우가 조금 다가갔다.

"내가 해봅시다."

"할 줄 아십니까?"

응급의는 문득 근엄한 표정을 지었다.

"그런데 누굽니까? 환자 보호자입니까?"

그는 물휴지로 대충 얼굴을 닦은 선우와 아름다운 혜주를 번갈아 처다보았다.

혜주가 냉정하게 말했다.

"오진훈 씨 부르기 전에 당장 환자에게서 내려와요."

대한민국 최대 규모의 종합병원인 성신메디컬은 성신그룹 계열이다.

응급의는 혜주가 성신그룹 총수 이름을 들먹이자 슬쩍 인상을 썼다.

"이것 보세요. 초조한 마음은 알지만 이런 일은 우리에게 맡기십시오."

그러면서 응급의는 계속 심폐소생술을 가했다.

혜주는 인상을 쓰면서 휴대폰으로 검색하더니 어디론가 전화를 했다.

"오병환 씨? 나 민혜주입니다."

상대방 오병환은 오위가의 방계 일맥이다. 그는 휴대폰에 뜬 민혜주라는 이름으로 그녀가 누군지 즉시 알아차렸다.

혜주는 오병환에게 몇 마디하고 나서 휴대폰을 응급의에게 건네주었다.

응급의는 못마땅한 얼굴로 휴대폰을 받더니 저쪽에서 무슨 말을 했는지 곧 사색이 되어 선녀의 몸에서 내려와 두 손으로 휴대폰을 혜주에게 공손히 내밀었다.

"죄송합니다. 용서하십시오."

성신메디컬 원장 오병환은 전화를 받은 응급의에게 딱 한마디만 했다.

—그분은 내가 신으로 모시는 분이다.

선우는 벌거벗은 채 축 늘어져 있는 선녀 옆에 서서 오른손을 활짝 펼쳐 심장 부위에 밀착시켰다.

이어서 공신기의 따뜻한 열기를 일으켜 선녀의 심장에 충격파를 쏘아내듯이 밀어냈다.

투우, 투우, 투우.

한 차례 충격을 가할 때마다 선녀의 상체가 아래로 푹 꺼졌다가 펄쩍거리면서 위로 30㎝나 튀어 올랐다.

선우는 열 번쯤 그렇게 하고 나서 두 손바닥을 활짝 펴서 선녀의 어깨와 가슴, 복부를 훑어 내리며 공신기의 열기를 주입하여 정지해 있는 몸의 기능을 일깨웠다.

그러기를 다섯 번쯤 반복했을 때 갑자기 선녀가 몸을 후드득 세차게 떨었다.

부르르.

"아……."

누군가의 입에서 탄성이 터졌다.

선우는 선녀의 몸을 세로로 눕히고 등에 손바닥을 밀착시킨 다음 조금 전처럼 충격파를 가했다.

투우, 투우우, 툭.

"우욱!"

어느 순간 선녀의 입에서 분수처럼 물이 쏟아져 나왔다.

족히 2리터 이상의 물을 토해낸 선녀는 꽤액거리면서 괴로워했다.

지켜보던 응급의가 다급하게 외쳤다.

"폐에 찬 물을 뽑아야 합니다! 안 그러면 폐부종이 옵니다! 방법이 있겠습니까?"

의사가 일반인 선우에게 방법을 묻고 있다. 선우가 하는 특별한 방법을 두 눈으로 목격했기 때문이다.

선우는 선녀를 똑바로 눕히고 그녀와 입술을 포개 천천히 힘을 주어 빨아 당겼다.

선녀의 가슴에서 부그르르, 하고 뭔가 끓는 소리가 날 때 선우는 한 번 더 세차게 빨고 재빨리 입술을 뗐다.

그 순간 푸악, 하고 선녀 입에서 물이 쏟아졌다. 폐에 찼던 물인데 양은 많지 않았다.

선우는 재빨리 그녀를 옆으로 눕히고 등을 쓰다듬었다.

"흐으으……".

선녀는 잠시 동안 그대로 가만히 있었는데 입에서 물이 줄

줄 흘러나오다가 힘겹게 눈을 떴다.

선우는 그녀를 조심스럽게 똑바로 눕히면서 수건으로 입과 얼굴을 닦아주었다.

선녀가 선우를 알아보고 눈을 커다랗게 떴다.

"서, 선우 씨."

선녀는 벌떡 상체를 일으켜 앉고는 아빠 품에 안기는 아이 처럼 선우에게 와락 안겼다.

"선우 씨!"

선우는 선녀를 안고 등을 쓰다듬어 주었다.

"이제 괜찮습니다."

선녀는 선우에게 안겨서 울음을 터뜨렸다.

"으흐흐흑! 너무 무서웠어요."

선우는 선녀를 눕히면서 응급의에게 말했다.

"머리의 상처를 치료하세요."

"현승원 잡아들였어?"

성신메디컬 입원실에서 선우가 혜주에게 물었다.

"아직. 이따 퇴근하면 잡으려고."

"잘했어. 아직 잡아들이지 마."

"왜?"

특실 소파에 혜주와 나란히 앉아 있는 선우는 날카로운 눈빛으로 말했다.

"현승원하고 연결된 놈들, 어떤 자들이야?"

혜주는 늘 갖고 다니는 노트북을 열고 자료를 띄웠다.

"이게 현재 우리가 완성한 마현가 계보야."

노트북 화면에 사다리 모양의 한 편의 계보도가 나타났다.

"현승원이 강남 테헤란로에 있는 리우빌딩에 두 번 들어갔는데 같은 날 그곳에 들어간 현 씨 일가와 의심할 만한 인물들을 뽑아놓은 거야."

천지그룹 총수 현부일을 비롯하여 그의 일가는 물론이고 그와 단 한 번이라도 접촉이 있는 자들은 팔대호신가 행동대원들에 의해서 24시간 감시되고 있었다.

혜주가 설명을 이었다.

"현승원은 리우빌딩 지하 주차장에서 전용 엘리베이터를 타고 45층에 내렸는데 거기엔 리우인터내셔널 한국 지사장실이 있어. 아마 거기가 마현가 집회 장소인 것 같아."

계보도의 맨 위는 우두머리 자리인데 비어 있다. 그리고 그 아래 세 개의 칸에 세 명의 사진이 있으며 각각의 사진 아래에 현부일과 성창주라는 이름이 적혀 있고 맨 오른쪽 사진 아래는 비어 있었다.

"여기 이 세 명이 우두머리일 가능성이 높아. 현부일하고 성창주인데 이 세 번째 작자는 누군지 모르겠어."

선우는 미간을 좁혔다.

"성창주를 확인했어?"

"성창주가 45층 지사장실에 올라갔는지는 확인하지 못했지만 현부일 등이 모이는 시간에 성창주가 리우빌딩에 들어갔다가 모임이 끝난 후에 나오는 것을 확인했어."

뜻밖의 거물이 등장했다.

성창주는 자그마치 대한민국 대통령 비서실장이다. 대한민국 실세 중의 실세로서 국가 권력 제이인자인 것이다.

그 정도 권력이면 국내 재계 3위인 천지그룹 총수 현부일보다 위의 인물일지도 모른다.

하지만 세상의 권력과 재력이 마현가 우두머리, 즉 가주의 자리를 정하지는 못한다.

더구나 성창주는 현 씨가 아니라 성 씨다. 그렇다고 해서 그가 현 씨가 아니라고 못 박을 수는 없다.

강선우가 이정후라는 이름으로 행세하는 것처럼 성창주도 그럴 수 있기 때문이다.

선우는 둘째 칸 오른쪽의 사진만 있고 이름이 없는 것을 가리키며 물었다.

"이건 여자 같은데?"

"여자 맞아."

"마현가 모임에 참석한 거야?"

"리우빌딩 45층에서 전용 엘리베이터를 타고 지하 주차장으로 내려와 운전기사가 모는 벤츠를 타고 가는 것을 확인했어. 이 사진은 엘리베이터에서 내렸을 때 50m 원거리에서 찍은 거야."

오른쪽 여자는 권보영이 아니다. 처음 보는 여자이며 권보영보다 키가 조금 작고 훨씬 젊다.

"현부일 직계는 아닌 것 같군."

현부일 직계 2대는 현부일보다 한 칸 아래 세 번째 칸에 여섯 명이 가로로 사진과 이름이 있다.

그리고 그 아래 네 번째 칸에 현부일의 형제들, 즉 직계 3대 일곱 명이 총 아홉 명과 섞여서 나열되어 있었다.

현부일과 성창주를 비롯하여 직계 2대, 3대들은 이름과 설명이 있지만 다른 자들은 이름이 없으며 사진만 있거나 설명만 있는 자들도 있었다.

선우가 혜주에게 현승원에 대해서 물어본 것은 권보영을 찾아내기 위해서이지 마현가의 계보도를 보겠다는 것이 아니었다.

물론 마현가도 중요하지만 현재는 권보영을 찾아내는 일이 급선무였다.

선우는 세 번째 칸 현부일의 자식들이 나열된 곳에서 맨 오른쪽의 인물을 가리켰다.

"이자는 누구야?"

현부일의 자식은 3남 2녀이고 다들 사진과 이름, 설명이 기록되어 있는데 그자는 사진만 덜렁 붙어 있다.

"현부일의 둘째 딸 현수미가 이자에게 오빠라고 불렀고 또 사석에서 현부일 자식들과 동등한 자격으로 어울리는 장면이 목격돼서 같은 반열에 올려놨어."

혜주는 선우가 고개를 갸웃거리는 걸 보고 설명을 이었다.

"이자는 현 씨 직계도 방계도 아닌 게 분명해. 그런데도 현 씨 직계 2대와 동등하다는 점에서 요주의 인물이야."

"그렇군."

그러다 문득 선우의 시선이 계보도의 아래로 세 번째 칸 왼쪽에서 오른쪽으로 다섯 번째 인물에 멈추었다.

거기에 낯익은 여자의 얼굴과 이름이 적혀 있었다.

직계 3대 현사임

계보도에는 현사임이 현부일의 일곱 명 동생 중에서 3녀, 셋째 여동생이라고 적혀 있다

"현사임 이 여자, 요즘 동향 파악 됐어?"

선우의 물음에 혜주는 태블릿을 두드렸다.

"이 여자, 천지그룹 계열사인 천지P&H 사장이야."

"P&H는 프리시전과 헤비인더스트리인가?"

"그래, 천지정밀. 중공업이지."

혜주는 자료를 살피면서 설명했다.

"현사임은 요즘 방산 업체 인수 합병 때문에 바쁘게 돌아다니고 있어."

"방산 업체를 인수 합병 한다는 거야? 원래 천지P&H는 해양 플랜과 정밀기계 산업이 전문 분야잖아."

"그런데 요즘 국내 유수의 방산 업체인 제유정밀과 대양중공업을 한꺼번에 인수하려고 뛰어다닌다는군."

제유정밀은 국산 최신형 최첨단 장갑차와 전차, 자주포를 생산하고 있으며, 대양중공업은 구축함과 잠수함을 15대 이상 건조한 굴지의 조선 업체로서 국가가 선정한 방위산업체다.

현사임이 사장으로 앉아 있는 천지P&H가 제유정밀과 대양중공업을 인수 합병하려는 것은 매우 중요한 문제이다.

왜냐하면 선우가 DDG—1000을 되찾으려고 중국 난징 유다이조선에 가서 막바지 작업을 하고 있을 때 중국 국가안전부 요원들하고 같이 나타나서 훼방 놓으려다가 선우에게 죽을 뻔한 여자가 바로 현사임이기 때문이다.

국정원이 북한에서 남파한 공작원들을 돕는 것은 국정원장이 현승원이기 때문일 것이다.

그것은 현승원 일개인의 뜻이 아니라 마현가의 방침일 가능성이 크다.

즉, 마현가가 북한 정부와 밀착되어 있다는 뜻이다.

그런데 마현가의 현사임이 중국을 돕는 것은 선뜻 이해가 되지 않는 일이다.

"현사임에 대해서 깡그리 다 알아내서 나한테 보내."

"그럴게."

선우는 권보영이 어쩌면 현사임하고 연결되어 있을지도 모른다고 짐작했다.

이건 순전히 직감 같은 것이지만 계보도에서 현사임을 보는 순간 그런 생각이 들었다.

선우는 일어나서 침대로 걸어갔다.

나란히 놓인 두 개의 침대에는 선녀와 우주희가 깊은 잠에 빠져 있었다.

권보영에게 납치되어 죽을 고비를 넘긴 두 여자의 얼굴은 편안해 보였다.

선우는 자신의 측근에게까지 손을 뻗은 권보영을 절대로 용서할 수가 없다는 생각이다.

병실을 나서 엘리베이터로 걸어가는 선우는 재신팔정의 우두머리인 오일정주를 불렀다.

"병실을 지키도록 하게."

오일정주가 재신팔정의 우두머리이다.

선우가 엘리베이터 앞에 도착했을 때 바람처럼 나타난 오일 정주가 공손히 고개를 숙였다.

"알겠습니다."

엘리베이터 안에는 선우와 혜주 둘뿐이다.

"샤론 부모님 만났어."

선우는 혜주가 샤론 부모를 만나겠다고 말해서 알고 있었는데도 막상 그 말을 들으니 가슴이 철렁했다.

혜주는 선우의 반응에 상관하지 않고 제 할 말을 했다.

"샤론 부모에게 얘기 다 했어."

굉장히 중요한 일인데도 그녀는 아주 대수롭지 않은 것처럼 설명했다.

"샤론 부모는 그 일에 대해서 충분히 이해했고, 삼촌이 한시라도 빨리 샤론하고 에일린을 고쳐주기를 고대하고 있어."

샤론과 에일린을 고쳐준다는 것은 그녀들과 섹스를 해야 한다는 뜻이다.

선우는 묵묵히 엘리베이터의 문만 주시했다.

"샤론 부모에게 뭐라고 말해줄까?"

"……."

"삼촌."

"뭘 뭐라고 말해?"

선우는 조금 짜증이 났다.

혜주가 선우를 쳐다보았다.

"왜 그래? 화났어?"

선우는 혜주의 이런 덤덤한 태도를 이해하기 어려웠다.

"넌 아무렇지도 않니?"

"뭐가?"

"내가 샤론 자매하고 섹스하는 거 말이야."

"그게 뭐 어때서? 죽어가는 그녀들을 고쳐주는 거잖아."

말이야 맞는 말이다.

그러나 선우와 혜주는 서로에게 첫 여자이고 첫 남자였다.
그래서 선우는 혜주가 아무렇지도 않게 태연히 말하는 것이
마음에 들지 않았다.

좀 더 자신의 감정을 서로에게 솔직하고 애틋하게 표현하기
를 원했다.

"삼촌이 내 남편은 아니잖아?"

혜주의 말에 선우는 정신이 번쩍 들었다.

그녀의 말뜻은 선우가 정식으로 결혼을 하기 전에는, 아니,
결혼 이후에도 스포그 내에서는 만인의 남자라는 뜻이나.

혜주는 그 말로 선우를 침묵시켰다.

선우는 할 말을 잃었다.

신강가 팔대호신가 행동대의 이목이 현사임에게 집중되었다.

평소에는 현사임 본인을 미행, 감시하는 데 두 명, 그녀의 자택을 상시 감시하는 데 한 명, 도합 세 명이 배치되어 있었지만 선우의 명령이 떨어진 직후 감시 인원이 100여 명으로 대폭 늘었다.

한남동 재신저로 향하던 선우에게 혜주의 메시지가 왔다.

[삼촌, 오늘 밤은 미가에서 자.]

현재 미가에는 배란기가 최고조인 황림가의 두 소가주 황조연과 황아미가 선우를 목 빠지게 기다리고 있다.

그녀들은 황림가 직계 2대이며 선우의 씨를 받아서 임신을 하여 아이를 낳으면 그 아이가 장차 황림가의 대를 이어 가주가 될 것이다.

그녀들이 현세에서 신강가의 적통 재신인 선우의 씨를 받지 못한다면 황림가의 맥이 끊길 수도 있었다.

그렇지만 선우는 혜주의 메시지를 무시하고 재신저로 갔다.

선우는 스포그 내에 산처럼 쌓인 현안들을 참모들과 의논하고 처리하는 데 세 시간을 보냈다.

선우가 도련님에서 재신에 오른 후 그를 보좌하는 시스템이 큰 변화를 보였는데 그중에서 가장 큰 변화가 팔대호신가의 일정주들과 역시 팔대호신가의 참모들이 그의 최측근으로 포진했다는 사실이다.

여덟 명의 일정주인 재신팔정은 선우의 대외적인 행동 일체를, 그리고 여덟 명의 참모인 재신팔보(宰神八輔)는 스포그 내부와 세계정세에 대해서 보필했다.

선우는 재신에 오른 후 처음으로 갖게 된 재신팔보하고의 미팅을 끝낸 후 자신이 얼마나 막중한 위치에 있는지 새삼스럽게 절감했다.

"민가주를 불러라."

선우는 자신의 거처가 있는 별채로 가기 위해 지하 통로를 걸으며 재신저 내에서 자신을 최측근에서 시중드는 염홍아에게 지시했다.

팔대호신가의 염화가는 재신의 가사와 미가 등을 담당하고 있는데, 염화가의 소가주이고 직계 2대이며 32살의 노처녀인 염홍아는 이곳 재신저를 담당하고 있었다.

염홍아가 선우를 따르면서 공손히 말했다.

"재신께서 미팅을 하고 계시는 동안 민가주의 연락이 있었습니다."

"민가주가 뭐라고 했느냐?"

"중요한 일로 지방에 내려가신다고 했습니다."

아까 헤어질 때까지만 해도 혜주는 그런 말이 없었다.

선우는 혜주와 의논할 일이 있기도 해서 술이나 한잔하려고 생각했다.

아니, 사실 본론은 그게 아니다. 혜주는 선우의 첫 여자라서 마음속에 짙은 앙금이 남아 있었다.

그래서 될 수 있으면 잠자리는 그녀와 하고 싶은 것이 선우의 속마음이다.

또한 그녀는 아직 배란기이기 때문에 이 기회에 임신을 해주었으면 하는 바람이 있기도 했다.

선우가 혜주만큼 마음이 가고 신경 쓰이는 여자가 한 명 더 있는데 바로 미아다.

몸이 가면 마음도 따라서 간다는 말이 있다.

선우는 혜주와 미아하고 섹스를 하기 전에는 그녀들을 그저 좋은 측근이나 누이동생처럼 여겼다. 그랬는데 그 섹스라는 것이 무엇인지 그것을 하고 난 후에는 그녀들에 대한 감정이 백팔십도로 바뀌었다.

더 이상 측근이나 누이동생이 아닌, 각각 한 사람의 여자로 여겨지고 있었다.

지금도 그녀들을 떠올리면 제일 먼저 생각나는 것이 그녀들과 섹스를 했을 때의 기억이다.

그녀들과 섹스를 하고 싶다는 게 아니라 어떤 벽이 허물어진 듯한 기분이다.

그래서 다른 여자들하고는 몹시 어려울 것 같은 섹스지만 혜주나 미아라면 편하게 할 수 있을 거라는 생각이 들었다. 그만큼 편해졌다는 뜻이다.

염홍아가 공손히 말했다.

"침실에 술상을 봐두었습니다."

"네가 나하고 한잔하겠느냐?"

염홍아는 깜짝 놀랐다.

"침실에 시중을 들 사람이 대기하고 있습니다."

선우는 재신저의 침실에서는 처음 자봤다.

크고 넓으며 으리으리하면서도 아담하고 검박한 분위기를 보아하니 최고의 인테리어 디자이너가 침실을 꾸민 것이 분명했다.

은은한 조명 아래 침실 옆의 근사한 거실에는 정갈한 술상이 차려져 있고, 나이트드레스를 입은 우아한 여자가 소파 옆에 다소곳이 서서 기다리고 있다.

선우는 그녀를 보고는 그급 뜻밖이라는 생각이 들었다가 실소를 흘렸다.

기다리고 있는 여자는 황림가의 소가주인 황아미였다.

그녀는 미가녀로서 재신과 동침할 순번 1번인 혜주에 이어서 2번이다.

선우는 황아미를 보는 순간 혜주의 의도를 알아차렸다. 황아미를 여기로 보낸 사람이 바로 혜주일 것이다. 미가주 정도의 신분이 선우의 의사도 묻지 않고 멋대로 이런 일을 꾸밀리가 없다.

선우가 들어서자 황아미는 화들짝 놀라더니 감히 고개도 들지 못한 채 바닥만 내려다보고 있었다.

이런 기회가 아니면 죽을 때까지 근처에 얼씬도 해보지 못할 재신저 재신의 침실에 들어와 있으니 그녀로선 죽을 맛일 것이다.

선우는 주위를 둘러보았다.

"씻겠다. 욕실이 어디지?"

황아미는 깜짝 놀라 고개를 들더니 당황하면서 두 손으로 한쪽을 가리켰다.

"이쪽입니다. 제가 돕겠습니다."

선우는 그녀의 언행에 쓴웃음이 나왔다. 이건 사장과 비서, 혹은 장교와 부관이나 다름이 없었다.

선우는 옷을 다 벗고 욕실로 들어갔다.

그가 샤워기 아래에서 온몸을 적시고 있을 때 유리문 너머 욕실 안으로 황아미가 들어서는 모습이 보였다.

그녀는 벌거벗었는데 조금 망설이는 것 같더니 곧 유리문을 밀고 안으로 들어왔다.

선우가 무슨 말인가 하려고 하자 황아미는 뭔가를 집어 들고 선우에게 다가섰다.

"제가 하겠습니다."

그런데 그녀의 손에 쥐어진 것은 브러시다.

선우는 브러시를 내미는 그녀를 보며 흐릿하게 웃었다.

"내 머리를 빗길 건가?"

"아……."

당황한 나머지 제정신이 아니라서 아무거나 집어 든 황아미는 놀라서 몸이 굳었다.

선우는 그녀의 손에서 브러시를 빼서 선반에 얹고 그녀와 정면으로 마주 섰다.

"아미야."

"네… 네?"

선우의 조용한 부름, 더구나 이름을 부르자 황아미는 깜짝 놀랐다.

그녀의 행동을 보고 선우는 자신이 감정에만 사로잡혀서는 안 되겠다는 생각을 했다.

상대의 감정도 중요했다. 세상은 나 혼자서 사는 게 아니다. 위가 있으면 아래도 있으며 내가 있으니까 너도 있는 것이다. 그것이 상호 존중이다.

황아미는 어차피 이곳에 왔고, 선우는 오늘 밤 그녀를 안게 될 것이다. 그녀를 안지 않는 것은 재신으로서 할 일이 아니었다.

그렇게 될 것인데 구태여 그녀를 긴장과 두려움 속에서 떨게 할 필요는 없었다.

그는 두 손을 뻗어 황아미의 가느다란 허리를 안았다.

"아……"

황아미는 화드득 놀라 몸을 세차게 떨었다.

선우는 그녀를 가만히 끌어당겨서 부드럽게 안았다.

황아미는 몸이 나무처럼 뻣뻣하게 굳어서 엉거주춤 안겼다.

두 사람의 몸 앞면이 닿았다.

그는 부드럽게 그녀의 등을 쓰다듬었다.

"긴장하기는 나도 마찬가지야."

그녀가 품속에서 바들바들 떨고 있는 것이 느껴졌다.

"나를 봐라."

황아미는 천천히 얼굴을 들어 선우를 바라보는데 마치 태양을 바라보듯 눈이 부신 듯한 모습이다.

"눈을 피하지 마라."

시선을 돌리려고 하자 선우가 조용히 말했다.

그는 황아미의 눈을 응시하며 눈으로 미소 지었다.

"우리 같이 극복하자. 알았지?"

그를 바라보는 커다란 황아미의 두 눈에서 차츰 안개처럼 두려움이 걷혀갔다.

"네……."

선우는 정확히 새벽 5시에 눈을 떴다.

아직 동이 트기 전이라서 실내는 캄캄했다.

한남동 파라다이스맨션에 있을 때는 매일 이 시간에 일어나서 집 안에 마련해 놓은 운동기구를 이용하거나 아니면 맨손 운동을 했다.

그게 아니더라도 그가 언제나 새벽 5시에 잠에서 깨는 것은 오랜 습관이다.

지금 잠에서 깬 그가 제일 먼저 느낀 것은 누가 자신의 팔을 베고 있다는 것이다.

그는 지난밤에 황아미와 사랑을 나눈 일이 파릇파릇하게 생각났다.

황아미는 그를 향해서 옆으로 누워 손을 그의 가슴에 얹은 채 새근새근 아기 같은 숨소리를 내고 있었다.

선우는 6시에 일어나서 씻고 나갈 생각이다. 그러려면 한 시간이 남아 있다.

잠을 자고 있을 때는 모르지만 깨어 있는 시간을 헛되이 보낼 수는 없다.

그는 손을 뻗어 황아미의 뺨을 쓰다듬으면서 그녀를 향해 돌아누웠다.

"아……."

잠에서 깬 황아미가 한순간 후드득 놀라서 본능적으로 선우를 강하게 밀쳐냈다.

"아미야."

선우가 가슴을 쓰다듬으면서 부드럽게 말하자 그녀는 비로소 눈을 크게 뜨고 어둠 속에서 그를 바라보았다.

"주군……."

몸을 잔뜩 옹송그리고 있던 그녀는 선우를 확인하고서야 몸에서 힘을 뺐다.

선우는 황아미의 가슴에 얼굴을 묻으며 손을 아래로 뻗었다.

"한 번 더 하자."

"아……."

성욕 때문이 아니다. 임신이 목적이기 때문에 임신 확률을 높이려는 것이고, 황아미는 그의 의도를 알아차렸다.

선우가 희고 가녀린, 그러나 풍만한 몸 위에 자신의 몸을 싣자 그녀는 그를 받아들일 자세를 취했다.

선우가 씻고 있을 때 염홍아가 오일정주를 데리고 침실 밖에 왔다.

염홍아는 오일정주를 밖에 두고 침실로 들어왔다.

"주군, 급한 일이라고 합니다."

선우는 서둘러서 욕실에서 나왔다.

선우와 황아미는 벌거벗었지만 염홍아 앞에서 부끄러워하지 않았다.

황아미와 염홍아는 선우가 옷을 입는 것을 시중들었다.

척!

"무슨 일이냐?"

선우는 침실을 나서면서 기다리고 있는 오일정주에게 물었다.

"이종무 씨와 가족이 습격당했습니다."

"이놈들이!"

물어보나마나 권보영 짓이다.

선우는 발끈했다가 물었다.

"다친 사람은 없겠지?"

"아무도 없습니다."

선우는 선녀의 우주희 납치 사건 직후 이종무를 비롯한 그의 가족과 선녀네 가족, 우주희 가족과 동거남 김인준을 근접 호위하라고 지시했다.

"지난밤에 다섯 명이 이종무 씨네 아파트에 침입하려고 했으나 성공하지 못하고 우리 대원들에 의해 모두 사살됐습니다."

선우는 권보영의 부하 정도로는 팔대호신가의 행동대원들을 뚫지 못할 것이라고 예상했다.

또한 어쩌면 권보영이 이종무나 그의 가족, 그리고 선녀와 우주회 가족에게도 마수를 뻗칠지 모른다고 예상해 방비를 하긴 했지만 막상 그것이 현실로 드러나자 기분이 견디기 어려울 정도로 더러웠다.

만약 선우가 그들을 방비하라고 명령하지 않았으면 그들은 다 죽거나 납치됐을 것이다.

선우는 걸어가면서 물었다.

"권보영에 대해서 새로 들어온 정보 없나?"

오일정주가 뒤따르면서 공손히 대답했다.

"없습니다."

선우는 걸음을 빨리 하며 미간을 좁혔다.

CCTV에도 잡히지 않고 마현가, 특히 현사임 쪽에서도 포착되지 않는다면 도대체 권보영은 어디에 숨어 있는 것인가.

실마리는 기대하지 않던 곳에서 풀렸다.

종태가 권보영을 발견했다고 연락을 해온 것이다.

선우가 혜주더러 CCTV를 확인하라고 하면서 종태를 빠뜨렸을 리가 없다.

그에게도 권보영 사진을 주면서 전국의 CCTV를 확인해 달라고 부탁했다.

─선우야, 영상 보낼 테니까 맞는지 확인해 봐.

이어서 종태는 모두의 안부를 물었다.

─우리 줌왈트 팀 모두 잘 있지? 조만간 한번 뭉쳐서 한잔 꺾자고 전해라. 끊는다.

선우는 종태가 보내준 영상을 대형 모니터에 띄웠다.

"청평입니다."

지켜보던 오일정주가 말했다.

모니터에는 한적한 시골 읍내 같은 거리의 작은 사거리에 신호 대기에 걸린 차들이 정지선에 서 있고 맞은편의 차들이 좌회전을 하고 있는 중이다.

사거리 신호등의 교통 CCTV가 촬영한 영상이었다.

사거리 너머 오른쪽에 노천카페가 있는데 거기에 있는 사람들이 CCTV에 잡혔다.

한 명의 여자가 거리의 노상 카페에 앉아서 뭔가 마시고 있는데 짙은 선글라스를 쓰고 있지만 권보영이다.

얼굴이 자세히 나오지는 않지만 진을 입은 늘씬한 다리를 꼬고 비스듬히 길게 앉아서 한 손에는 맥주 캔을, 입에는 담배를 물고 있는 모습이, 아니, 분위기가 영락없는 권보영이다.

"제가 저쪽 지역을 잘 압니다."

오일정주는 자신이 선우를 모시겠다는 뜻을 강하게 비쳤다.

선우가 벌떡 일어섰다.

"가자."

선우는 오일정주가 운전하는 국산 중형 승용차를 타고 청평으로 향했다.

럭셔리 외제차를 타면 조금이라도 눈에 띌까 봐 흔한 국산 중고차를 탄 것이다.

청평 500m 상공에 탐지와 공격 겸용의 드론 두 대를 띄웠으며, 재신팔정 휘하 행동대를 스탠바이시켰다.

권보영을 잡으러 가는 사람은 선우와 오일정주, 그리고 뒤따르는 승용차에 탄 네 명뿐이다.

권보영을 잡거나 죽이는 것은 선우가 직접 하겠지만 심부름 같은 것을 해줄 부하가 필요할지도 모른다. 무슨 일이든 혼자 할 수 있는 것과 여럿이 할 일이 있는 법이다.

두 대의 승용차는 서울─춘천고속도로를 타고 가다가 화도에서 빠져나와 구도로로 올라탔다.

한남동 재신저를 출발한 이후 여기까지 오는 동안 선우와 오일정주는 한마디도 하지 않았다.

오일정주는 선우가 앉아 있는 조수석 쪽으로는 고개조차 돌리지 않았다.

그때 내비게이션에서 무전이 흘러나왔다.

—찾았습니다. 지도 띄웁니다.

내비게이션이 여러 차례 화면이 바뀌면서 오래지 않아 청평호 호숫가의 지도가 나타났다.

—현사임 청평 별장입니다.

권보영이 청평 읍내 노천카페에서 맥주를 마시고 있다면 청평에 연고가 있는 것이라는 선우의 짐작이 맞았다.

내비게이션이 안내를 시작했다.

선우는 앞창 밖을 응시하면서 문득 물었다.

"오일정주, 너는 누구의 아들이냐?"

오일정주가 운전을 하면서 허리를 쭉 폈다.

"넷, 오진훈의 삼남입니다!"

선우는 뜻밖이라는 듯 그를 쳐다보았다.

아름다운 청평호 호숫가에는 리조트와 펜션, 별장들이 풍경 좋은 곳에 자리를 잡고 있었다.

선우와 오일정주 오영민이 탄 승용차와 부하 네 명이 탄 승용차 두 대는 30m의 간격을 두고 호숫가 도로를 달리고 있다.

"목적지까지 7.5㎞ 남았습니다."

목적지라는 것은 권보영이 있을 것으로 추정하는 현사임 소유의 별장이다.

오영민이 말하고는 내비게이션을 가리켰다.

"주군, 여길 보십시오."

내비게이션 화면에 어떤 영상이 나타났다.

500m 상공에 떠 있는 스포그의 드론에서 촬영한 것인데 어떤 별장의 전경이다.

근사한 별장이며 호수 쪽으로 선착장이 있고 거기에 보트가 두 척 정박해 있다.

넓은 마당과 정원에 사람들이 오가고 있으며, 선착장 옆 야외 테이블에 몇 사람이 앉아 있었다.

선우가 손을 뻗어 야외 테이블을 톡톡 건드리자 화면이 점점 커지면서 사람들 모습이 나타났다.

야외 테이블에 앉아 있는 사람은 세 명인데 그중에 권보영과 현사임이 있다.

두 여자는 손에 술잔을 쥐고 대화를 하면서 술을 마셨다.

뭐가 좋은지 웃기도 하고 술잔을 부딪치기도 했다.

두 여자를 보는 선우의 눈에서 불꽃이 튀었다.

같이 있는 남자는 처음 보는 얼굴인데 권보영이나 현사임과 대화하면서 같이 웃고 있다.

선우는 화면에서 시선을 떼지 않으며 말했다.

"오디오 되나?"

"됩니다."

촬영은 되어도 소리까지 채집하는 드론은 아직 없다. 하지만 스포그의 드론은 가능했다. 목표 지점에 전파를 쏴서 증폭기로 소리를 키우는 방식이다.

오영민이 내비게이션을 조작해서 소리가 나오도록 했다.

잠시 지직거리고 주위의 소음이 들리더니 점점 사람들의 목소리가 잡혔다.

—그 간나 새끼가 그렇게 강할 줄은 내래 몰랐어.

—그 자식, 생포했으면 좋겠어.

권보영과 현사임이 서로 격의 없이 반말로 대화하고 있다.

—어케 그러니? 사임이 너래 골드핑거를 알고 있는 거이니?

잠시 말이 없다가 이어졌다.

—보영 언니, 난 그 자식이 골드핑거인지 몰랐어.

—어드메서 만났니?

—난징.

—야아, 그거이 미제 앞잡이 놈들 구축함 사건 아니니?

—맞아, 언니.

—기럼 너래 그 간나 새끼 때문에 실패한 거이야?

현사임은 난징 유다이조선에서 선우의 통신기에 깅해서 온 몸이 새카맣게 탔다.

그러고 보니 지금 현사임은 예전 제 모습을 되찾았는데, 마현가의 능력도 얕잡아볼 게 아닌 것 같다.

현사임이 표독한 표정을 짓는 게 화면에 나왔다.

ㅡ나는 그 자식이 단순하게 골드핑거라고 생각하지 않아.

ㅡ사임이 너, 그 새끼한테 당했니?

ㅡ방심하다가 당했어. 그런데 그 자식, 대단했어. 공기를 자유자재로 다루고 불과 얼음까지 만들어냈다니까.

남자가 얼굴을 찌푸리며 말했다.

ㅡ누나, 혹시 그놈 신강가 아냐?

ㅡ그럴 거라는 생각이야. 신강가 놈이 아니면 그런 능력을 발휘할 수가 없어. 그것도 신강가의 팔대호신가 나부랭이 같은 게 아니라 실력으로 봐서는 신강가 적통 도련님이나 재신이 분명할 거야.

ㅡ그게 가능해?

현사임을 누나라고 부르는 걸로 봐서 남자는 천지그룹 회장 현부일의 동생인 것 같다.

ㅡ곤이 넌 그놈하고 부딪쳐 보지 않아서 그래. 그 자식, 신강가 적통이 틀림없어.

ㅡ말이 안 되잖아. 신강가 일가족 네 명은 23년 전에 우리한테 죽었다는데 그게 가능해?

ㅡ아들이 있었다면 말이 되지.

ㅡ아들 같은 건 없다고 그랬어.

오영민이 놀란 표정으로 선우를 힐끗 쳐다보았다.

선우는 돌덩이처럼 굳은 얼굴로 내비게이션을 뚫어지게 노려보고 있었다.

그동안 선우의 부모와 조부모가 마가에게 당했을 것이라고 추측은 하고 있었지만 마현가의 소행이라고 드러난 것은 지금이 처음이다.

선우는 돌이 갓 지났을 때 부모와 조부모가 변을 당했고, 유모인 지금의 어머니가 그를 안고 자신의 고향 기장으로 내려와서 피신한 것이다.

그런 사실을 알게 된 선우는 복수심이 들끓는 것을 간신히 참고 있는 중이다.

현사임의 차가운 목소리가 들렸다.

─분명히 아들이 있었을 거야. 그래야만 말이 돼.

─나는 아닐 거라고 생각해. 신강가는 23년 전에 끝장났어. 그놈은 팔대호신가 출신일 거야. 팔대호신가에서도 특출한 인재가 나올 수 있어.

─너는 신강가가 존재하지 않으면 팔대호신가도 침묵하고 있어야 한다는 사실을 모르는 거니?

─그건 알지만 그렇다면 골드핑거라는 놈은 노내체 뭐야?

현사임이 확신하듯이 말했다.

─신강가의 도련님이나 재신일 거야. 내 짐작이 틀림없어.

─그거 신주(神主)한테 보고했어?

─아직 확실한 게 아니라서 보고하지 않았어. 내 눈으로 확인한 다음에 보고할 거야.

그때 누군가 외치는 소리가 들렸다.

─골드핑거가 5㎞까지 접근했습다!

그 말에 선우와 오영민은 동시에 움찔했다.

방금 그 외침은 권보영과 현사임 등이 선우가 오고 있는 것을 알고 있다는 뜻이다.

야외 테이블 근처로 온 한 사내가 권보영에게 말했다.

─어캅니까? 명령하십시오.

권보영이 짧게 내뱉었다.

─실행하라우.

─알갔슴다.

현사임이 권보영의 손을 잡았다.

─보영 언니, 죽이지 말고 사로잡아요.

─사임이 너, 그 간나 새끼한테 그렇게 당하고도 모르갔니? 그 새끼래 생포할 수 있는 놈이 아냐.

─내가 할게요. 이번에는 제대로 그놈을 생포할 거예요.

권보영이 손을 저었다.

─일없어야. 너는 그 간나 새끼한테 그렇게 당하고도 아직 모르갔니?

선우는 조금 혼란스러웠다.

'뭐야, 이건?'

제일감은 이게 함정이라는 사실이다.

청평 읍내 노천카페에 있는 권보영을 종태가 찾아낸 것이 아니라 그녀가 던진 미끼를 문 것이다.

그러니까 지금 선우는 권보영과 현사임이 파놓은 함정 속으로 들어가고 있는 중이다.

'이것들이!'

선우는 발끈했지만 곧 상관없다는 생각이 들었다.

그가 권보영을 찾아냈든 그녀가 선우를 찾아냈든 마주치게 되었으니 그걸로 된 것이다.

선우는 자신이 함정에 빠졌다는 생각을 하지 않았다. '함정'이라는 것은 형편없는 루저에게나 통하는 얘기이지 선우처럼 특출한 인간은 예외였다.

권보영이 함정을 팠다면 기꺼이 거기에 빠져줄 용의가 있다. 그다음에 그녀의 목을 비틀어 버리면 된다. 마지막에 웃는 사람이 최후의 승자다.

그렇게 생각하면서도 선우는 부지중 주위를 둘러보았다. 함정이라고 해서 뭐가 있는지 둘러보는 셈이 아니라 그냥 아무렇지도 않은 행동이었다.

"……!"

운전을 하고 있는 오영민 쪽 창밖을 쳐다보던 선우는 순간 움찔 몸을 떨었다.

선우가 타고 있는 승용차에서 30m 거리의 호수에 한 척의 보트가 승용차와 나란히 같은 방향으로 질주하고 있는데 거기에 두 사내가 두 대의 휴대용 미사일을 선우 쪽을 향해 겨누고 있었다.

놀란 선우가 오영민에게 소리치는 것과 보트의 두 사내가 휴대용 미사일을 발사한 것은 동시였다.

선우가 발작적으로 외쳤다.

"브레이크 밟아!"

오영민이 놀라서 반사적으로 브레이크를 밟으며 선우를 쳐다보았다.

선우는 오영민의 어깨를 잡자마자 조수석 쪽 문을 박차고 밖으로 튀어 나갔다.

콰작!

"우왓!"

오영민은 무슨 일인지도 모른 채 선우에게 끌려 나갔다.

허공에 떠 있는 상태인 선우는 공신기를 일으켜 공기의 막으로 자신과 오영민의 몸을 감싸는 것과 동시에 뒤쪽 부하들이 탄 승용차를 향해 날아오는 미사일 쪽으로 왼손을 뻗어 공신기를 뿜어냈다.

투아앗!

그가 발출한 공신기는 미사일에 맞았지만 쏘아오는 힘이 워낙 강해서 멈추게 하지 못하고 방향을 약간 틀었을 뿐이다.

선우와 오영민이 도로 옆의 산언덕에 처박힐 때 두 발의 미사일이 승용차 두 대에 명중했다.

콰콰쾅!

선우의 공신기가 뒤쪽 미사일의 방향을 약간 틀기는 했어도 부하들이 탄 승용차를 비껴가게 하지는 못하고 트렁크 부분에 맞았다.

선우가 타고 있던 앞쪽 승용차는 제대로 명중해서 공중으로 붕 떠올랐고 뒤쪽 승용차는 팽그르르 돌면서 산 쪽으로 날려갔다.

쿠콰콰!

선우는 산언덕을 향해 날려가는 승용차를 향해 달렸다.

콱!

승용차가 산언덕에 부딪치기 직전에 달려가면서 승용차의 밑바닥을 왼쪽 어깨로 막아 멈추게 했다.

쿵!

어깨가 찢어지는 것 같은 고통이 엄습했다.

불길에 휩싸인 승용차가 옆면으로 떨어지자마자 선우는 앞문과 뒷문을 한꺼번에 잡아 뜯었다.

콰자작!

미사일이 승용차 트렁크 쪽에 맞아서 뒷좌석은 불길에 휩싸였고, 거기에 타고 있던 부하 두 명의 몸에도 불이 붙은 상태였다.

"으아아─!"

선우가 뒷자리의 두 명을 잡아서 차 밖으로 끌어낼 때 언제 달려왔는지 오영민이 앞자리의 두 명을 끌어내고 있었다.

선우는 몸에 불이 붙은 두 명에게 공신기를 뿜어서 불을 끄고 호수를 쳐다보았다.

미사일을 발사한 보트가 크게 원을 그리더니 선우가 있는 곳으로 다시 돌진했다.

바아아─!

선우는 보트를 향해 전력으로 마주 달렸다. 호수 위를 땅처럼 내달렸다.

그는 분노가 치밀어서 눈에 뵈는 게 없는 상황이었다.

투하아악!

보트에서 두 번째 휴대용 미사일을 발사했다.

선우는 미사일과 충돌할 것처럼 정면으로 달려가다가 충돌하기 직전 옆으로 살짝 비키면서 미사일의 옆을 힘껏 후려갈겼다.

떵!

미사일은 다른 방향으로 날아가고, 선우는 보트를 향해 전

속력으로 내달렸다.

보트에는 운전하는 자를 포함해 다섯 명이 타고 있었는데 휴대용 미사일을 갖고 있는 두 명을 제외한 나머지 두 명이 선우에게 기관단총을 난사했다.

투카카카카캇!

선우는 허공으로 둥실 떠올랐다가 보트를 향해 내리꽂히며 공신기의 극열을 발출했다.

화르릉!

그는 극도로 분노한 상태이기 때문에 섭씨 1,000도가 넘는 불길이 화염방사기처럼 뿜어졌다.

푸하악!

불줄기가 보트에 적중되자 거센 불길에 휩싸였다.

"끄아악!"

"우아악!"

보트의 다섯 사내는 온몸에 불이 붙어서 처절한 비명을 지르며 호수로 몸을 던졌다.

그렇지만 온몸을 뒤덮은 불길은 물로도 꺼지지 않고 더욱 맹렬하게 타올랐다.

꽈꽝!

보트가 폭발하며 산산조각이 났다.

투투타타타탕!

그때 오영민 등이 있는 곳에서 요란한 총소리가 들렸다.

호수 수면으로 하강하고 있던 선우는 그쪽을 쳐다보다가 얼굴이 일그러졌다.

오영민 등이 있는 산언덕 위쪽 여러 방향에서 10여 명의 사내가 포위망을 좁히면서 소총 사격을 해대고 있었다.

뒤차의 네 명은 모두 중상을 입은 상태라서 바닥에 쓰러져 있으며 오영민이 권총으로 대응 사격을 하고 있다.

탕! 탕! 탕!

오영민은 부하들을 보호하기 위해 분주하게 이리저리 사격을 하는데 백발백중이다.

그는 적들의 집중사격을 피해서 주변의 나무나 엄폐물 뒤로 숨을 수도 있는데 그러지 않고 부하들을 지키면서 부지런히 사격을 했다.

선우는 오영민 쪽으로 달려가면서 산언덕 여기저기에서 내려오고 있는 사내들을 향해 금탄을 쏘아냈다.

피잉! 핑!

그는 수면 위를 미끄러지듯이 달렸다. 두 발바닥에서 공신기를 뿜어내기 때문에 물에 빠지지는 않는다.

그가 오영민에게 도착하기 전에 그의 금탄과 오영민의 사격으로 적 10여 명을 모두 죽었다.

선우는 바닥에 쓰러져 있는 부하들을 살펴보며 물었다.

"이들은 어떠냐?"

오영민이 착잡한 표정을 지었다.

"한 명은 죽었고 세 명은 중상입니다."

뒷좌석 호수 쪽에 앉아 있던 부하가 미사일 직격탄을 맞고 사망했다. 선우가 차에서 끌어냈을 때는 숨이 붙어 있었으나 곧 숨졌다.

뒷좌석에 앉아 있던 또 한 명은 중상으로 생명이 위독하고 앞쪽 두 명도 미사일 폭발 당시 충격과 파편으로 중상을 입은 상태였다.

선우는 오영민을 비롯한 부하들을 놔두고 혼자 권보영이 있는 청평 별장으로 향했다.

목숨이 위태로운 부하는 선우가 최선을 다했는데도 불구하고 그의 품속에서 숨을 거두었다.

미사일이 트렁크에 적중하면서 폭발해 뒷자리의 두 명은 등과 뒷머리가 거덜이 난 상태였다.

중상을 입은 부하 두 명과 그들을 보호하려다가 팔에 총탄을 맞은 오영민은 그곳에 남거두었다.

지금 선우는 분노가 극에 달한 상태였다. 만약 지금 권보영이나 현사임이 그의 눈에 띈다면 분을 이기지 못하고 갈가리 찢어 죽일 것만 같았다.

내비게이션의 지도를 이미 다 외웠기 때문에 그는 도로를 따라서 질풍처럼 달렸다.

권보영은 한가하게 야외 테이블에 앉아서 술을 마시고 있을 수가 없게 되었다.

"연락이 안 됩니다!"

골드핑거를 죽이라고 부하 열다섯 명을 보냈는데 그들하고 연락이 안 되고 있었다.

권보영은 설마 부하 열다섯 명이 그렇게 짧은 시간에 골드핑거에게 당했을 거라고는 생각하지 않았다.

휴대용 미사일 두 기에다가 자동화 무기로 무장한 부하들이 차를 타고 있는 골드핑거 일행에게 당했을 것이라고는 믿기 어려웠다.

그렇지만 부하들하고 연락이 안 된다는 것은 일이 잘못됐다고밖에 설명할 수가 없다.

부하들이 전부 죽고 일이 잘못됐다면 골드핑거가 이곳으로 오고 있다는 뜻이다.

"이 괴물 같은 놈!"

이렇게 된 이상 부하들이 당했다고 믿을 수밖에 없었다.

권보영은 이를 갈 듯이 중얼거리고 나서 손짓으로 부하들을 불러 모았다.

"다 모여라."

야외 테이블에 앉은 현사임과 동생 현장곤이 굳은 표정으로 권보영을 지켜보았다.

권보영은 북한에서 무려 100명이나 되는 특수부대원들을 이끌고 왔다.

직접 이끌고 온 게 아니라 사실 권보영은 혼자 왔지만 특수부대원 100명은 석 대의 잠수함에 나누어 타고 동해안으로 잠입했는데, 현사임의 명령을 받은 마현가의 부하들이 버스 석 대를 몰고 가서 그들을 태우고 왔다.

동해바다는 드넓고 바다의 경계는 그다지 촘촘하지 않기 때문에 북한 잠수함이 자기 집 앞마당처럼 드나드는 것은 자주 있는 일이다.

또한 대한민국은 버스를 검문하는 일은 하지 않기에 100명이나 되는 북한 특수부대원들이 서울까지 입성하는 것은 식은 죽 먹기였다.

권보영은 부하들에게 어디에 어떻게 매복을 하고 어떤 방법으로 공격을 할 것인지 이것저것 지시를 했다.

현장곤이 현사임에게 굳은 얼굴로 나직이 말했다.

"누님, 아무래도 그놈, 신강가 같은데?"

현사임이 권보영에게 시선을 못 박은 채 확신한다는 듯이 대꾸했다.

"틀림없다니까."

"그렇다면 우리가 나서야 하는 거 아냐?"

현사임의 얼굴이 더욱 진지해졌다.

"그놈이 정말 신강가의 도련님이나 재신이라면 우리 둘만으로는 무리야."

"권보영 씨하고 부하들이 70여 명이나 있잖아."

"북한 특수부대원이 천 명이 있다고 해도 신강가의 도련님이나 재신한테는 안 돼."

현장곤이 믿을 수 없다는 표정을 지었다.

"설마……."

"나도 처음에 어른들이 신강가의 도련님이나 재신을 무슨 절대적인 신처럼 설명하기에 믿지 않았어. 어른들이 너무 겁에 질려 있구나, 하고 씁쓸했지."

"나도 어른들 말씀은 들었고 물론 믿지 않았지."

현장곤은 고개를 절레절레 가로저었다.

"그런데 그 정도로 굉장한 자가 실제로 존재하겠어? 말하기 좋아하는 어른들이 그냥……."

"어른들 말씀은 틀리지 않았어."

"……."

현사임은 눈도 깜빡이지 않고 말했다.

"내가 난징에서 겪어본 그자는 말 그대로 슈퍼맨이었어."

현장곤이 놀라는 표정을 지었다.

"우린 수련원에서 마현대법을 거쳤잖아. 그런데도 그놈한테 형편없이 깨졌다는 거야?"

현사임이 씁쓸한 표정을 지었다.

"우리가 수련원에서 마현대법을 거치고 마가의 비기를 배운 것으로 세상에서 초능력자처럼 행동할 수 있지만 신강가에겐 통하지 않아."

"그 정도야?"

"그래."

권보영의 지시를 받은 사내들이 별장의 여기저기로 분주하게 뛰어다녔다.

"지금 우리한테는 세 가지 선택이 있어."

"뭔데?"

"도망치든가, 싸우든가, 아니면 어른들께 전화해서 어떻게 하면 좋으냐고 묻는 거야."

"누님 생각은 뭐야?"

"나는 싸우고 싶어."

현장곤이 조금 놀라는 표정을 지었다.

"그자가 절대적으로 강하다면서?"

현사임이 눈을 가늘게 떴다.

"파공포(破空砲)를 가져왔어."

"파공포를……."

현장곤이 눈을 커다랗게 떴다.

"설마 그걸 갖고 왔다는 말이야?"

"그래. 아무한테도 말하지 않고 슬쩍해 왔어."

현사임은 테이블 바닥에 있는 큼직한 보스턴백을 테이블에 올리고 손으로 툭툭 두드렸다.

"파공포를 개발해 놓고서 신강가가 끝장났다고 이젠 사용할 일이 없을 줄 알았는데 오늘 쓰게 될 줄이야."

"파공포는 신강가의 공신기를 깨는 무기잖아."

"그래. 이 정도면 신강가의 도련님이든 재신이든 꼼짝도 못할 거야."

현사임은 보스턴백 옆 주머니를 뒤적이더니 권총 한 자루를 꺼내 현장곤에게 주었다.

"뭐야?"

"탄창에 철갑탄 장전됐어. 그거면 그자의 공막(空幕)을 뚫을지도 몰라."

현장곤은 희색이 만면했다.

"이거 대박이잖아."

현사임은 어느 때보다도 진지한 표정을 지었다.

"넌 어떻게 할래?"

현장곤은 두말할 것도 없다는 듯이 대답했다.

"싸워야지."

"그럴 줄 알았어."

그는 현사임이 준 베레타를 쓰다듬으면서 웃었다.

"이걸로 놈의 골통을 박살 낼 거야."

그는 어깨를 흔들며 거들먹거렸다.

"후후, 우리가 신강가의 도련님인지 재신인지를 죽이면 가문의 어른들께서 졸도할 거야."

권보영은 독특한 작전을 구사했다.

그는 골드핑거가 별장의 넓은 마당 안으로 깊숙이 들어오도록 어떤 공격도 하지 않았다.

그리고는 골드핑거와 20m 거리를 두고 마주 섰다.

권보영은 골드핑거가 절대로 살아서 이곳을 나가지 못할 것이라고 장담했다.

북한 특수부대원 70여 명이 별장과 주변 곳곳에 배치되어 권보영의 명령을 기다리고 있었다.

현사임과 현장곤은 이곳에 없었다. 그들 남매는 은밀한 곳에 숨어서 이곳을 지켜보고 있다.

선우는 권보영을 응시하며 마음을 가라앉혔다.

분노해서 길길이 날뛰어서 좋을 게 없었다. 분노하면 이성을 잃고 실수를 할 뿐이다.

선우와 권보영은 서로를 응시하면서 잠시 아무 말도 하지 않았다.

"이거 보라우."

먼저 침묵을 깬 사람은 권보영이다.

"내가 제안 하나 하갔어."

선우는 그녀를 주시하기만 했다.

권보영은 큰 인심을 쓰는 것처럼 말했다.

"나하고 같이 공화국에 가지 않갔니?"

그녀는 선우가 침묵하는 걸 보고 설득하듯이 말을 이었다.

"뭐든지 네가 상상하는 것 이상의 대우를 해주갔어."

선우는 피식 웃었다.

"당신, 형님한테도 그렇게 말했겠지?"

"너 형님이 누군데?"

"최정필 씨."

"……."

권보영은 움찔 놀라더니 무서운 눈빛으로 선우를 쏘아보았다.

"너 그 사람을 어케 아니?"

"형님이라니까."

"너희 친형제니?"

"정필 형님하고 내가 닮지 않았소?"

엄밀히 말하면 선우와 정필은 썩 닮지는 않았는데 미남끼리는 서로 닮은 것 같은 공통점이 있다.

권보영은 적잖이 놀랐다.

"너……."

그녀는 놀란 나머지 정필이 선우의 아버지뻘이 된다는 사실을 간과했다.

그녀는 복잡한 표정으로 뭔가 골똘하게 생각에 잠겼다.

선우는 권보영하고 농담을 주고받을 기분이 아니었다. 그녀가 자신을 회유하려는 것 같아서 정필을 들먹여 씨도 안 먹히는 소리 하지 말라고 간접적으로 응수한 것이다.

그런데 그녀는 정필 이름만 듣고서도 크게 흔들리는 것 같았다. 그건 선우가 바라는 바가 아니었다.

선우는 고개를 흔들었다.

"쓸데없는 소리 그만하고 선택이나 하시오."

"뭐를 선택해?"

"항복할 것이냐, 싸울 것이냐 둘 중 하나를 선택하시오."

권보영은 정필 얘기를 하다가 갑자기 화제가 바뀌자 농락당했다는 기분이 들었다.

"뭐이가 어드래?"

"항복하면 살려주고 반항하면 다 죽일 것이오."

권보영의 아름다운 얼굴에 노여움이 떠올랐지만 그녀는 한

번 눌러서 참았다.

"하나만 묻겠다."

선우는 가만히 있었다.

"장병호, 네가 데려갔니?"

"그렇소."

"길면 죽으라우."

권보영이 가볍게 고개를 끄떡였다.

픽!

그 순간 선우의 뒷머리에서 둔탁한 음향이 났다.

하지만 그는 우뚝 서 있을 뿐이고 뒤쪽 바닥으로 총알 하나
가 툭 떨어졌다.

권보영은 방금 선우의 뒷머리 쪽에서 픽, 하는 소리가 났을
때 자신의 부하가 그를 저격해서 뒷머리에 정확하게 명중시켰
다고 생각했다.

그래서 골드핑거가 예상한 것처럼 대단한 존재가 아니며 너
무 일찍 죽여 버린 게 아닌가 하고 조금 후회하는 마음이 들
기도 했다.

퍼픽! 픽!

권보영이 그런 생각을 하고 있을 때 선우의 옆머리와 뒤통
수에서 다시 둔탁한 음향이 터졌다.

그녀는 이미 죽은 놈에게 뭐 하러 또 사격을 하느냐는 생각

에 손을 저어 사격을 중지시키려고 했다.

그러다가 선우가 총을 맞았는데도 여전히 우뚝 서 있을 뿐만 아니라 여유 있는 표정까지 짓고 있는 것을 보고는 한 줄기 불길함이 뇌리를 스쳤다.

숨어 있는 현사임과 현장곤은 그 광경을 보고 속삭였다.

"저게 공막이야."

"총알이 퉁겨졌어."

현사임이 현장곤의 어깨를 잡았다.

"곤아, 잘 들어. 내가 파공포로 공막을 파훼시키면 네가 철갑탄을 먹여. 알았지?"

현장곤이 잔뜩 긴장한 목소리로 대답했다.

"알았어."

선우는 오른손을 들었다.

그가 권보영을 향해 손을 뻗을 때 측면에서 기이한 음향이 터졌다.

투웅―

공신기로 막을 형성하면 소리를 차단하기 때문에 선우는 그 소리를 듣지 못한다.

방금 그것은 러시아제 신형 소총 AK47 계열인 GP25 소총과 유탄 발사기 복합형 개인화기에서 유탄이 발사되는 소리였다.

꽝!

40㎜ 세열탄인 유탄이 선우의 오른쪽 측면 공신기 막에 부딪치며 폭발했다.

권보영에게 손을 뻗으려던 선우는 멈칫했다.

그때 몇 발의 유탄이 더 날아와 공신기 막에 부딪치며 연속적으로 폭발했다.

꽈꽈꽝!

선우는 몸이 크게 흔들리면서 비틀거렸다.

그는 충격 때문에 공신기 막이 흐트러지려는 것을 재차 공신기를 발휘하여 강화시켰다.

울컥!

그는 입으로 한 움큼의 피를 뱉어냈다. 유탄 대여섯 발의 충격이 그의 속을 진탕시켰기 때문이다.

그때 권보영이 있는 쪽 시계로 치면 11시 55분과 12시 5분 사이를 제외한 모든 방향에서 일제히 총탄을 쏟아졌다.

쿠타타타타탕!

퍼퍼퍼퍼퍽!

선우의 몸을 중심으로 불꽃놀이를 하는 것처럼 번쩍번쩍 불꽃이 일며 젖은 이불을 두드리는 소리가 터져 나왔다.

갑자기 너무 많은 총탄이 공신기의 막을 두드리자 선우는 적지 않은 충격을 느꼈다.

그런데 거기에다 유탄 발사기가 계속 발사됐다.

콰콰쾅!

선우의 몸이 크게 흔들리는데 총탄은 소나기처럼 수백 발이 쉬지 않고 쏟아졌다.

선우는 울컥울컥 입에서 피를 흘렸다.

머리가 어질어질하고 속에 메스꺼웠으며 두 다리가 후들후들 떨렸다.

그는 유탄 발사기와 총탄이 아주 잠깐이라도 멈추는 순간 쏜살같이 튀어 나가서 권보영을 공격하리라고 마음먹고 잔뜩 도사린 채 기회를 노렸다.

제30장
마가의 후예들

  선우는 유탄 발사기 정도가 공신기의 막을 뚫을 거라고는 생각하지 않았다.

  그는 신강사관에서 특수교육과 훈련을 받았다. 남들은 고등학교에 진학할 때 그는 중학교만 졸업하고 신강사관에 입학하여 5년 동안 믿을 수 없을 정도로 방대하고 깊은 교육과 지옥을 방불케 하는 훈련을 통과했다.

  신족인 그는 보통 사람들보다 습득력이 비교할 수 없을 정도로 높은데, 그런 그가 5년 동안 공부하고 훈련을 했다면 보통 사람이 평생 배운 것보다 몇 배나 많은 소득을 얻었을 것이 분명하다.

해병대나 공수부대, 특전사 훈련이 지독하다지만 선우가 받은 훈련에는 명함도 내밀지 못한다.

신강사관에서 실전이나 다름없는 훈련을 눈만 뜨면 실시했기 때문에 그는 백전노장이나 다름이 없다.

경험? 그런 건 필요 없다. 선우의 두뇌와 몸은 경험을 필요로 하지 않을 만큼 탁월했다.

지금 그는 약간 곤란한 상황에 처했다. 한 번도 경험해 본 적이 없는 상황에 직면했기 때문이다.

그렇다고 해도 그는 절대로 침몰하지 않는 불침선(不沈船)이다. 파도가 아무리 크고 높다고 해도 항공모함을 침몰시키지는 못하는 법이다.

만약 해일이나 쓰나미가 몰려온다면 그는 잠수함이 되도록 훈련을 받았다.

지금 그가 받고 있는 충격은 지나가는 파도이다. 최초의 파도라서 배가 조금 흔들렸을 뿐이다.

처음 겪는 일이지만 그는 곧 적응했다.

'이것들이…….'

비틀거리던 선우가 빠르게 중심을 잡고 권보영에게 돌진하려는데 전방에 있던 권보영이 사라졌다.

선우는 재빨리 주위를 둘러보았지만 권보영은 물론이고 아무도 보이지 않았다.

별장은 본채와 두 채의 별채로 이루어졌으며, 그 세 동의 건물에서 유탄과 총탄이 쏟아지고 있었다.

선우의 억누르고 있던 분노가 치솟았다.

'흥! 해보자는 거지?'

그는 별장 본채로 돌진했다. 무작정 돌진하는 것이 아니라 자신의 능력을 믿는 것이고 또 다 생각이 있다.

슈웃!

발끝으로 땅을 박차고 달리자마자 그는 본채까지 30m 거리를 절반으로 줄였다.

본채 일 층 입구에 두 명, 양쪽 창문에 각 두 명씩 도합 6명이 최초의 먹잇감이다.

그가 입구로 돌진하자 입구 양쪽에서 사격하던 두 사내가 피할 생각은 하지 않고 끝까지 선우에게 총탄을 퍼부었다.

그들은 점점 가까이 접근하고 있는 선우를 막강한 소총의 화력으로 충분히 죽일 수 있다고 믿는 것 같았다.

지금 같은 상황에서는 소총에서 불을 뿜으며 튀어 나가는 총탄이 획픽된보다 더 이려저으로 느껴지는 착각에 빠진다.

두 자루 소총에서 불꽃이 일었다.

투타타타타타탓!

그렇지만 소나기처럼 쏟아지는 총탄들은 그의 몸 50㎝ 밖에서 모조리 퉁겨졌다.

선우는 일 층으로 들이닥치면서 쳐다보지도 않고 두 사내에게 손을 휘둘렀다.

퍽! 퍽!

"끅!"

"캑!"

너무 가까운 거리라서 금탄이 만들어지기 전 공기의 압축 덩어리가 두 사내의 머리와 가슴 부위에 적중되어 한 명은 머리가 통째로 박살 나고 다른 한 명은 가슴 한쪽이 짓뭉개져서 떨어져 나갔다.

양쪽 창문에 있던 네 명은 도망치지 않고 그 자리에서 선우를 향해 집중사격을 퍼부었다.

그들 역시 자신들의 소총으로 선우를 죽일 수 있다고 믿거나 아니면 죽음이 두렵지 않은 모양이다.

대한민국도 마찬가지지만 북한 특수부대원 정도 되면 무섭다고 도망치는 것 자체가 없다.

선우의 두 손이 허공을 가볍게 휘젓자 네 개의 금탄이 빛처럼 뿜어졌다.

퍼퍼퍼퍽!

금탄 네 개가 사내 네 명의 머리를 하나같이 관통하는 것을 보지도 않고 선우는 일 층 다른 창문가에 있는 사내들을 향해 노도처럼 질주하며 손을 펼쳤다.

피피이잉—

그들은 네 명의 동료가 목전에서 처참하게 죽는 것을 보고도 물러서지 않고 사격을 해댔다. 눈에 핏발이 곤두선 걸 보면 이성을 잃은 것 같았다.

금빛의 알갱이들이 반짝거리면서 빛처럼 쏘아가 사내 세 명의 머리를 꿰뚫었다.

퍼퍽!

"야, 이 종간나 새끼야!"

그때 이 층 난간에서 두 명의 사내가 선우의 머리 위로 뛰어내리면서 성난 외침을 터뜨렸다.

선우가 힐끗 올려다보자 두 명의 사내가 양손에 수류탄을 쥐고 빠른 속도로 하강하고 있었다.

선우를 죽이려고 자신의 목숨을 돌보지 않는 것이다.

수류탄 네 발을 선우의 머리 위에서 터뜨리면 죽을 것이라고 생각한 모양이다.

선우는 원래 가려던 방향으로 쏘아가면서 허공의 두 사내를 향해 대수롭지 않게 왼손을 휘둘렀다.

휘류륭—

이번에는 금탄이 아니라 강력한 바람의 덩어리가 뿜어졌다.

그것은 마치 무협 소설에 나오는 장풍 같은 것인데 공기의 덩어리가 구체 모양으로 이지러져서 쏘아갔다.

하강하던 두 사내는 강풍에 휩쓸려 날려가다 허공에서 수
류탄이 터졌다.

꽈꽈꽝!

두 사내는 비명도 지르지 못하고 산산조각 나서 피와 살이
사방으로 흩어졌다.

탓!

선우는 발끝으로 바닥을 박차면서 수직으로 솟구쳤다.

별장은 총 3층이며 복판이 커다랗게 뚫렸고 'ㅁ' 자형으로
빙 둘러서 난간이 있는 구조이다.

그는 솟구쳐 오르면서 몸을 팽이처럼 빙그르르 돌며 무수
히 손가락을 구부렸다가 퉁겨냈다.

피피피잉! 피잉!

선우가 360도 턴을 하면서 쏘아내는 금탄은 마치 금빛 실
들이 소용돌이치면서 긴 꼬리를 그으며 날아가는 것처럼 아
름다웠다.

퍼퍼퍼퍼퍽!

"흐악!"

"크악!"

북한 특수부대원들에겐 행운도 예외도 따르지 않았다.

수십 발의 금탄은 눈이 달린 것처럼 날아가 특수부대원들

의 머리와 목, 심장을 관통하며 숨통을 끊어버렸다.

  현사임과 현장곤은 본채 3층 어느 방에 숨어 있었다.

  두 사람은 살짝 연 문틈으로 지옥의 염라대왕이 세상의 악
마들을 소탕하는 것 같은 무시무시한 광경을 보면서 몸과 정
신이 다 얼어버렸다.

  현사임은 문틈의 아래에서, 현장곤은 위에서 밖을 내다보며
자신들이 무엇 때문에 이곳에 있는지조차 망각한 채 입을 반
쯤 벌리고 있었다.

  두 사람은 선우가 별장의 마당으로 들어설 때부터 지금까
지 일어난 일을 하나도 빼놓지 않고 모두 목격했다.

  그리고 현재까지 40여 명을 얼마나 잔인하게 죽이는지도
잘 보았다.

  "흐익!"

  그때 현장곤이 숨넘어가는 이상한 소리를 냈다.

  3층까지 솟구친 선우가 이쪽을 보고 있었다.

  사실 선우는 몸을 팽이처럼 회전하는 중인데 찰나적으로
그가 이쪽을 보고 있는 듯한 착각을 한 것이다.

  현장곤이 현사임을 안고 몸을 날렸다.

  막 상체를 숙인 두 사람 위로 금탄 두 줄기가 빛처럼 스쳐
지나갔다.

퍼퍽!

금탄 두 발이 문틈으로 쏘아 들어와서 실내를 가로질러 맞은편 벽에 세로로 손톱 크기의 구멍을 뚫었다.

현사임은 위로 보고 누운 채 아래에, 현장곤은 아래를 보고 엎드린 자세로 누나 위에 포개졌다.

두 사람은 눕고 엎드린 자세로 한 뼘쯤 열려 있는 문틈을 뚫어지게 주시했다.

지금 당장 저 문으로 선우가 들이닥쳐 두 사람의 머리통을 박살 낼 것만 같았다.

그런 생각을 하면서도 현사임과 현장곤은 꼼짝도 하지 못하고 그대로 있었다.

선우가 염라대왕보다 잔인하게 40여 명을 무차별적으로 죽이는 광경을 보고 있다가 그에게 발각되어 금탄 공격을 받은 것이라는 공포 때문에 정신도 몸도 마비가 돼버렸다.

"누님……."

"……."

"공격해야 합니다."

현장곤은 몸이 움직이지 않았지만 그나마 남아 있는 한 가닥 정신을 붙잡고 겨우 말했다.

그 말이 현사임을 번쩍 일깨웠다.

"그, 그래."

두 사람은 파공포가 놓여 있는 문 쪽으로 몸을 날렸다.

이들도 마현가 수련원에서 혹독한 교육과 훈련을 받았지만 조금 전에 본 선우의 발치에도 미치지 못한다.

현사임은 파공포를 잡고 현장곤은 처음부터 쥐고 있던 베레타 권총을 조금 더 힘 있게 잡으면서 조심스럽게 열린 문틈으로 밖을 내다보았다.

그렇지만 선우는 보이지 않았다.

아까보다 훨씬 뜸해진 총소리와 애간장을 태우는 듯한 비명 소리만 구슬프게 들려오고 있을 뿐이었다.

겨우 5분 남짓 만에 선우는 별장 본채와 별채에 있던 북한 특수부대원 50여 명을 죽였다.

살아남은 특수부대원들은 별장 밖으로 흩어져 산발적으로 선우에게 공격을 가하고 있었다.

북한 특수부대원들은 수류탄이나 유탄 발사기, 소총으로는 더 이상 선우를 어떻게 하지 못한다는 사실을 알 텐데도 공격을 멈추지 않았다.

선우는 별장 주변의 숲은 뒤지고 있었다.

그의 목표는 권보영과 현사임이다.

아까 그는 권보영과 현사임이 야외 테이블에 같이 앉아 있는 것을 보았다.

권보영을 잡든가 죽이고 현사임을 잡아야만 오늘 일을 매듭지을 수 있었다.

숲속은 조용했다.

특수부대원들은 더 이상 총을 쏘지 않고 숲속 어딘가에 꼭꼭 숨어 있을 것이다.

선우는 공신기의 막을 거두어야겠다고 마음먹었다.

공신기의 막이 있으면 소리를 제대로 흡수할 수 없어서 숨어 있는 북한 특수부대원들을 찾지 못한다. 그래도 보통 사람 청력보다 서너 배 뛰어나지만 막을 거두면 10배까지 증폭할 수가 있다.

그가 공신기의 막을 거둔다고 해서 완전히 무방비 상태는 아니었다. 아주 가까운 곳에서 그가 전혀 눈치채지 못할 만큼 은밀하게 사격하지 않는다면 총에 맞는 일은 없을 것이다.

그렇지만 그전에 그가 먼저 적을 찾아낼 것이다.

그가 공신기의 막을 거두었지만 눈에 보이지 않기 때문에 적들은 그 사실을 모르고 있다.

사박사박.

그는 풀잎을 밟으면서 천천히 숲속을 걸어가며 청력을 최대한으로 돋우었다.

온갖 소리가 다 들렸다.

풀잎과 나뭇잎이 바람에 흔들리는 소리, 벌레인지 작은 짐

승인지 숲속을 기어 다니는 소리, 그리고 특수부대원들이 속 삭이거나 숨 쉬는 소리가 생생하게 들렸다.

선우는 계속 걸어가면서 더욱 귀를 기울였다.

권보영을 찾으려는 것이다. 아까 권보영하고 마주 서서 대 화를 할 때 그녀의 숨소리를 귀담아들었기에 그녀의 숨소리 만 찾아내면 된다.

그로부터 20걸음을 걷는 동안 적들은 전혀 공격하지 않았다.

그리고 선우는 권보영의 숨소리를 찾아내지 못했다.

'도망친 건가?'

권보영이 도망쳤을 거라는 생각은 들지 않았다. 그녀가 그 정도로 겁쟁이일 리가 없기 때문이다.

선우는 숲속에서 죽은 것처럼 움직이지 않고 숨어 있는 북 한 특수부대원들의 기척으로 그들의 위치를 정확하게 간파했 지만 죽이지는 않았다.

특수부대원을 50명 이상 죽이고 나자 분노가 어느 정도 가 라앉았다.

그때 누군가의 속삭임이 들렸다.

"신호하면 한꺼번에 덮치라우. 저쪽에도 알리라."

그러고는 새 울음소리가 났다.

선우가 적들을 죽일 마음이 가라앉으니 이제는 적들이 도 발하려는 모양이다.

그렇지만 그는 모르는 척하고 계속 걸어가면서 공신기의 막
을 쳤다.

"공격하라!"

그때 누군가의 고함 소리가 터지는가 싶더니 사방에서 십
여 명의 특수부대원이 한꺼번에 공격해 왔다.

촤아아!

그들은 풀숲과 나무 위에서 튀어나왔는데 손에는 대검을
움켜쥐고 있었다.

선우는 어이없다는 표정을 지으면서 공신기의 막을 거두었다.

적들은 소총과 유탄 발사기에 수류탄까지 동원해도 안 되
자 이제는 대검으로 육탄전을 벌일 모양이다.

총격으로 안 되니 칼로 한다는 원시적인 발상이 누구 머리
에서 나왔는지 아찔하다.

선우는 공신기 막을 거두고 그 자리에 멈춰 서서 그들이 가
까이 접근하기를 기다렸다.

치고받는 육탄전을 벌이는데 공신기 막을 친다는 게 용납
이 되지 않았다.

적들은 대검으로 공격하지만 선우는 맨손으로 상대한다.

"간나 새끼!"

쉬이익! 휘익!

정확하게 열네 명이 지상과 허공에서 대검을 찌르거나 휘

두르면서 선우의 온몸을 공격했다.

　선우는 제자리에서 빙글 한 바퀴 회전하면서 열네 자루 대검을 모조리 피하고 육안으로 보이지 않을 만큼 빠르게 두 주먹을 뻗었다.

　타탁! 뻑뻑! 퍽!

　"큭!"

　"어흑!"

　"끅!"

　열네 명 중에 여섯 명이 가슴과 옆구리, 목을 한 대씩 맞고 총알처럼 뒤로 날려갔다.

　나머지 여덟 명은 첫 번째 공격이 실패하자 지상의 사방에서 더욱 날카롭고 집요하게 공격을 퍼부었다.

　휘익! 쉭!

　선우가 그들의 공격을 피하기 시작할 때 그의 머리 위로 대검 한 자루가 내리꽂혔다.

　선우는 처음에 파악한 열네 명이 전부이고 현재 지상에서 자신을 공격하고 있는 여덟 명이 남았다고 생각했기 때문에 한 명이 더 있을 거라고는, 그것도 허공에서 공격하리라곤 예상하지 못했다.

　솔직하게 방심한 것이다.

　선우는 한발 늦게 머리 위에서 찔러 오는 대검의 기척을 감지했다.

한발 늦게라고 해도 피하거나 반격하기에는 충분한 여유가
있었다.

"놈한테 붙으라우!"

순간 선우의 머리 위에서 날카로운 외침이 터졌다.

권보영이다.

그녀의 명령이 떨어지자 여덟 명이 오른손의 대검을 휘둘러
가면서 왼손으로 일사불란하게 권총을 뽑았다.

선우로서는 공신기 막을 펼칠 겨를이 없었다. 막을 펼치는
도중에 공격을 당하고 말 것이다.

적들이 대검으로 공격할 때 육탄전을 벌이는 줄만 알았지
도중에 권총까지 공격을 병행할 줄은 몰랐다. 그것 역시 방심
이라고 할 수 있었다.

선우는 한층 속도를 내서 여덟 명의 급소를 정확하게 가격
했다.

퍼퍼퍼퍼퍽!

"끅!"

"캑!"

그와 동시에 상체를 뒤로 젖히면서 머리 위의 권보영에게
손을 뻗었다.

그런데 뒤로 상체를 젖히던 선우는 방금 자신에게 맞아서

튕겨 날아가는 적들 중에 두 명의 권총에서 총탄이 발사되는 것과 그것이 자신을 향해 날아오고 있는 것을 발견했다.

선우에게 급소를 맞고 튕겨 날아가는 적 두 명이 무의식중에 권총을 발사한 것이다.

선우는 권총이 발사되는 순간 재빨리 상체를 비틀었다.

그리고 위에서 찔러 내려오는 대검을 피하기 위해 고개를 옆으로 틀었다.

팍!

총탄은 빗나갔지만 대검이 그의 왼쪽 어깨를 찔렀다.

권보영은 대검으로 선우를 찌르기 위해서 여덟 명을 희생시켰다.

선우는 권보영이 엎드린 자세로 누운 자세인 자신의 왼쪽 어깨를 대검으로 깊숙이 찌른 모습을 발견했다.

슉!

선우가 권보영을 향해 손을 뻗었고, 그녀는 동시에 권총을 내밀었다.

콱!

선우의 커다란 손이 권보영의 목을 움켜잡았고, 같은 순간 그녀의 권총 총신 끝이 선우의 이마에 닿았다.

선우는 권보영의 손가락이 방아쇠를 당기는 것을 보았다.

지금 그가 손에 힘을 주면 권보영의 목뼈를 부러뜨릴 수 있지만 그녀도 죽어가면서 방아쇠를 당길 것이다.

말하자면 양쪽이 다치거나 죽는 양패구상이다.

그럴 수는 없었다.

확!

선우는 권보영의 목을 잡은 손을 뿌리쳤다.

탕!

그 순간 그녀는 권총을 발사했지만 몸이 팽그르르 회전하는 중이라서 총탄이 허공으로 날아갔다.

선우가 권보영을 뿌리치면서 손에 약간 힘을 주었기 때문에 그녀는 대미지를 입었을 것이다.

쿵!

"윽!"

권보영은 허공에서 뱅글뱅글 돌면서 날려가 15m쯤 떨어진 곳의 나무에 부딪쳤다가 바닥으로 추락했다.

선우는 왼쪽 어깨에 대검을 꽂은 상태에서 공신기 막을 일으켜 몸을 보호하고는 권보영을 향해 달려갔다.

권보영은 땅에 떨어진 고통 때문에 몸을 꿈틀거리면서 신음 소리를 냈다.

선우는 이제야말로 권보영을 산 채로 생포할 수 있을 것이라고 확신했다.

그런데 바로 그때 이상한 음향이 터졌다.

지이잉—

커다란 징을 두드린 것 같은 음향이 잔잔한 수면에 돌을 던졌을 때처럼 파문을 일으키며 퍼져 나갔다.

그리고 다음 순간 선우는 한 줄기 미지근한 바람이 몸을 스치고 지나가는 것을 느꼈다.

무더운 한여름에 조금도 시원하지 않은 후덥지근한 바람이 불어오는 것 같은 느낌이다.

그때 그는 권보영 바로 앞에 도착했으며, 그녀를 향해 손을 뻗고 있었다.

권보영은 옆으로 쓰러진 채 꿈틀거리면서 일어나려고 안간힘을 쓰는데 오른손에는 여전히 권총을 쥐고 있었다.

선우는 방금 전의 징 소리와 후덥지근한 바람이 신경 쓰여 재빨리 주위를 둘러보았다.

그러다가 그는 꽤 멀리 떨어진 나무 옆에 현사임이 한 사내와 나란히 서 있는 것을 발견했다.

현사임은 어떤 무기 같은 물건을 들고 있는데 그것을 선우를 향해 겨누고 있었다.

그리고 그 옆의 사내는 선우에게 권총을 겨누고 있었다.

순간 불길한 예감을 느낀 선우는 급히 그 자리에 주저앉듯이 몸을 숙이며 현사임과 사내에게 금탄을 쏘아냈다.

피유웅!

타앙!

그와 동시에 총성 한 발이 숲속을 울렸다.

피잉—

총탄이 선우의 어깨 옆을 스쳤다.

"……!"

선우는 공신기의 막이 사라진 것을 깨달았다. 막이 있다면 총탄이 뺨을 스치는 일은 없어야 한다.

그리고 그는 조금 전 징을 두드리는 음향이 공신기의 막을 사라지게 한다는 사실을 깨달았다.

현사임의 옆 사내가 총을 발사할 때 선우가 쏘아낸 두 발의 금탄은 사내의 복부와 현사임의 허벅지를 관통했다.

퍼퍽!

"으악!"

선우는 그 즉시 공신기의 막을 새로 만들면서 손을 뻗어 권보영의 멱살을 움켜잡으면서 현사임 쪽을 쳐다보았다.

허벅지를 관통당한 현사임은 한쪽 무릎을 꿇은 자세로 공신기의 막을 사라지게 하는 무기, 즉 파공포를 선우에게 겨누었고, 그 옆의 사내는 복부에서 꾸역꾸역 피를 흘리며 바닥에 주저앉은 상태에서 두 손으로 권총을 잡고 선우를 겨누고 있다.

지이잉—

선우가 금탄을 쏘기도 전에 파공포가 발사되며 예의 징 소리가 울렸고, 사내가 권총을 발사했다.

타타타탕!

이번에는 한 발이 아니라 연속 발사다.

또다시 후덥지근한 바람이 몸을 훑을 때 선우는 권보영을 잡은 채 재빨리 옆의 나무 뒤로 숨었다.

피잉! 핑!

방금 선우가 있던 곳으로 총탄이 빗발치듯 지나갔다.

지이잉—

또다시 징 소리가 울리고, 총소리가 허공을 뒤흔들었다.

타타타타탕!

총탄은 선우가 숨어 있는 나무 앞쪽에 박혔다.

파파파파팍!

그러고는 조용해졌다.

선우가 숨어 있는데 계속 사격하는 것은 무의미하다고 판단한 것인가.

아니면 금탄에 맞은 그들이 더 이상 공격을 하지 못하는 상태가 됐는지도 모른다.

선우는 현사임 등의 기척을 감지하려고 청력을 돋우었다.

그때 선우에게 멱살이 잡혀 있는 권보영이 그를 향해 권총을 들어 올렸다.

큰 대미지를 입은 권보영은 오만상을 쓰면서 권총을 들어

올리는데 팔이 부들부들 떨렸다.

　선우는 총구가 자신의 턱밑에 겨누어질 때 알아차리고 주먹으로 권보영의 턱을 가볍게 때렸다.

　딱!

　"끅……."

　권보영은 짧게 비명을 내뱉으며 그대로 기절했다.

　현사임 쪽에서 목소리와 거친 숨소리가 들렸다.

　"으으, 누님, 나 죽을 거 같아."

　"곤아, 조금만 참아라. 저놈, 금방 죽일 수 있어."

　"으으으, 그전에 내가 죽겠어."

　"정신 차려라, 곤아. 총 똑바로 겨누고."

　"누님……."

　"곤아! 얘, 곤아!"

　현사임이 안타깝게 부르지만 곤이라는 남동생은 기절했는지 대답이 없다.

　현사임이 공신기의 막을 없애는 무기를 사용했고, 남동생이 권총을 쐈다.

　그런데 남동생이 기절했다면 총을 쏠 사람이 없다.

　거기까지 생각한 선우는 권보영을 그 자리에 놔둔 채 몸을 굴려 나무 밖으로 나가면서 현사임을 향해 세 발의 금탄을 발사하려고 했다.

그런데 현사임 쪽을 쳐다보던 선우는 움찔했다.

현사임이 한 손에는 파공포를 쥐고 다른 손에는 권총을 쥔 채 선우를 겨누고 있었기 때문이다.

현사임은 공신기 막을 없애는 무기를, 그리고 남동생이 권총을 발사한다고만 생각한 선우는 등짝을 손바닥으로 강하게 스매싱을 당한 충격을 받았다.

'이런 젠장!'

지이잉—

징 소리가 울렸다.

선우는 냅다 두 발의 금탄을 쏘아내면서 왼쪽으로 달리며 현사임에게서 시선을 떼지 않았다.

지이잉—

나무 뒤에서 갑자기 튀어나온 선우 때문에 현사임은 움찔 놀랐으나 당황하지 않고 계속 파공포를 쐈다.

파공포는 꽤 큼직하고 20㎏ 정도 무게가 나가지만 현사임은 한 손으로 능숙하게 다루었다.

지지이잉—

선우가 발출한 두 발의 금탄은 파공포의 범위 안에 들어가자 씻은 듯이 사라졌다.

현사임이 파공포를 선우 쪽으로 겨냥하여 발사했다.

징지이잉—

연속 발사를 하기 때문에 숲속에 끊이지 않고 징 소리가 울려 퍼졌다.

선우는 이번에는 오른쪽으로 방향을 꺾어 내달렸다.

휘이익!

현사임하고의 거리는 60m 정도밖에 안 되는데 파공포를 피하느라 좌우로 비뚤거리면서 달리기 때문에 좀처럼 거리가 좁혀지지 않았다.

지이잉―

막 방향을 바꿨을 때 후덥지근한 바람이 선우의 몸을 휩쓸고 지나갔다.

그 순간 선우는 반사적으로 방향을 틀었고, 총성이 울렸다.

타앙!

선우가 방금 0.01초쯤 머물렀던 곳으로 총탄이 지나갔다.

타앙!

총성과 선우의 움직임이 동시에 일어났다.

피이잉―

귀밑으로 뭔가 스쳐 지나가면서 뺨이 불에 덴 것처럼 화끈하고 살갗이 찢어지는 쓰라림이 뒤따랐다.

타앗!

이번에는 허공으로 솟구쳤다.

그러나 솟구치는 것으로 끝났다가는 총에 맞는다.

솟구침 끝에는 아주 잠시 머뭇거리는 순간이 있는데 바로 그 순간 총에 맞을 확률이 컸다.

솟구친 선우는 급전직하, 다시 내리꽂혔다.

탁!

땅에 내려선 그는 아주 위험한 모험을 시도했다. 그 자리에서 움직이지 않고 0.5초쯤 그대로 서 있었다.

현사임이 총을 쏘도록 유도한 것이다.

타앙!

현사임이 어김없이 총을 발사하는 순간 미리 예상하고 있던 선우는 번개같이 옆으로 2m쯤 피한 다음 전력으로 그녀에게 대시해 들어갔다.

척!

선우는 현사임 10m 앞까지 접근했다.

지이잉— 징징—

현사임은 결사적으로 파공포를 쏘면서 왼손의 권총을 앞으로 쭉 더 내밀면서 쏘려고 하였다.

선우는 그쯤에서 달리기를 그만두고 그때부터 천천히 그녀에게 걸어갔다.

현사임의 얼굴에 득의하고 잔인한 미소가 번졌다.

"아하하하! 이제 포기했느냐?"

그녀의 득의함이 더 커졌다.

그녀는 파공포를 계속 작동했다.

지이이— 징징—

그녀는 베레타를 선우의 얼굴에 겨누었고, 얼굴에는 잔인한 웃음이 번들거렸다.

"하하하! 이 파공포는 우리 가문의 어르신들께서 만들었다! 이것 앞에서 신강가는 허수아비로구나!"

그녀는 이를 부드득 갈았다.

"너 이 새끼, 신강가 맞지?"

선우가 묵묵히 서 있자 현사임은 두 걸음 앞으로 걸어가 권총으로 선우의 이마를 찌를 것처럼 겨누었다.

"대답 안 해? 너 신강가 맞지?"

선우는 현사임이 어떻게 하는지 조금 더 두고 보기로 했다.

그가 고개를 끄떡이자 현사임은 회심의 미소를 지으며 더욱 다그쳤다.

"신강가 도련님이야? 아니면 재신?"

"재신."

"……."

현사임은 선우가 신강가일 것이라고 짐작은 했지만 막상 그의 입에서 '재신'이라는 말이 나오자 멈칫했다.

신강가의 재신이면 마현가의 최고 지도자 신주와 동급이다.

현사임은 신강가 재신이 3m 앞에 서 있으며 그를 곧 죽이거나 생포할 수 있다는 생각에 심장이 마구 뛰었다.

"꿇어!"

현사임이 갑자기 당장에라도 총을 쏠 것처럼 권총을 들이밀면서 악을 썼다.

신강가의 재신이 마주 보고 서 있으면 왠지 불안하다. 그래서 꿇으라고 한 것이다.

선우가 묵묵히 서 있자 현사임은 목에 핏대를 세웠다.

"안 꿇어? 죽고 싶냐? 엉?"

선우는 무릎을 꿇는 대신 현사임에게 조용한 목소리로 물었다.

"너는 현부일의 몇째 동생이냐?"

"너… 이 새끼!"

지잉잉— 지잉—

현사임은 파공포를 계속 쏘면서 무서운 표정을 지었다.

"지금 널 쏴버릴 수도 있어!"

선우는 태연하게 대꾸했다.

"그럼 쏴보지그래?"

"……"

현사임은 말문이 막힌 표정을 지었다.

공신기를 무력화시키는 파공포를 계속 쏘아대고 있으며 권총으로 이마를 겨누고 있는데도 선우가 지나치게 태연하게 나오자 현사임은 흠칫 놀랐다가 재빨리 머리를 굴렸다.

'뭐지? 이놈, 왜 이러는 거야?'

그녀는 짧은 시간 동안 이것저것 많은 것을 생각했지만 선우가 갑자기 배짱으로 나오는 이유를 찾아내지 못했다.

"너… 정말 죽고 싶으냐?"

"죽이라니까?"

"너……."

현사임은 자신이 선우의 목숨을 쥐고 있다고 믿으면서도 왠지 모를 불안함을 느꼈다.

선우는 현사임에게 한 걸음 성큼 다가섰다.

"어……."

그때 현사임 뒤쪽 바닥에 쓰러져 있던 현장곤이 정신을 차리고 쥐어짜듯이 외쳤다.

"누님, 저 새끼 죽여! 어서 죽이라고!"

현사임은 정신을 차린 듯 급히 권총의 방아쇠를 당겼다.

철컥.

그러나 총은 발사되지 않았다.

틱, 틱, 철컥.

당황한 현사임은 연속으로 방아쇠를 당겼으나 발사되지 않기는 마찬가지였다.

선우는 조소하듯이 비릿하게 웃었다.

"베레타는 특별한 경우를 제외하고는 탄창에 보통 스물여섯 발이 장전되어 있지."

"아······."

선우는 아까 현사임과 현장곤을 발견했을 때 현장곤의 권총이 베레타라는 것을 간파했다.

이후 베레타에서 총탄이 발사될 때마다 총탄 수를 세다가 조금 전에 현사임이 마지막 스물여섯 발째 총탄을 사용한 것을 확인하고 그녀 앞에 나선 것이다.

"총탄을 좀 아끼지 그랬느냐?"

선우가 다가가자 현사임이 주춤거리면서 물러나는데 얼굴이 사색으로 변했다.

순간 그녀는 들고 있던 파공포로 느닷없이 선우의 얼굴을 후려갈겼다.

휘잉!

선우는 왼팔을 들어 가볍게 막았다.

떵!

파공포가 찌그러져 허공으로 날아갔다.

현사임은 상체를 숙이고 선우에게 파고들면서 두 손을 칼처럼 세워 그의 가슴과 양쪽 옆구리, 복부를 번개같이 쑤셨다.

파파파팍!

마현가의 특수 수련원에서 여러 기술을 터득한 현사임이

가장 자신 있는 종목은 격투술이다.

그녀는 맨손으로 때려서 지름 20㎝ 나무를 부러뜨릴 정도의 파워를 지녔다.

방금처럼 손을 칼처럼 세워서 수도(手刀)로 사용하면 단단한 벽돌을 세 장 박살 내고 나무에 손가락 전체가 꽂힐 정도의 위력을 발휘한다.

선우는 충분히 피할 수도 있지만 현사임의 실력이 어느 정도인지 보려고 처음에는 일부러 맞아주었다.

물론 몸에 힘을 주고 있었기 때문에 벽돌 세 장을 박살 내는 현사임의 수도가 급소에 꽂혀도 끄떡없었다.

다만 수도가 급소에 꽂힐 때마다 찌릿찌릿한 충격이 느껴졌다. 그런 걸 보면 역시 대단한 위력이다. 일부러라도 맞지 않는 것이 좋았다.

현사임은 선우가 대여섯 대의 수도에 찍히고서도 끄떡없는 것을 보고 질린다는 표정을 지었다.

그리고 또 그가 처음에는 그냥 일부러 맞아주었을지도 모른다고 추측했다.

그렇다고 포기할 수는 없었다. 포기하는 것은 신강가 재신의 손에 제압되거나 죽는 것을 의미한다.

현사임 자신만이 아니라 남동생 현장곤의 생사까지 달려 있으므로 죽을 것을 각오하고 온갖 방법을 동원해서 싸워야만 할 것이다.

순간 현사임의 눈빛이 잔인하게 빛났다.

그녀는 방금 전과 비슷한 공격을 했다. 이번에는 두 손만이 아니라 발 공격도 가미했다.

이것은 마현가 가솔에게만 전수하는 비법으로 권각비술이라고 한다.

쉬이익! 쉭! 쉭!

그녀의 두 손과 두 발이 바람을 가르면서 선우의 온몸을 파고들었다.

그녀의 두 손과 두 발이 허공을 가를 때 선우는 상체를 이리저리 흔들면서 모두 간단하게 피해냈다.

선우로선 이번에는 맞아줄 수가 없었다. 왜냐하면 현사임의 두 손과 두 발 끝에 손가락 크기의 뾰족하고 날카로운 칼날이 튀어나와 있는 것을 발견했기 때문이다.

실제 손과 발에서 칼날이 튀어나온 것이 아니라 손목의 링과 신발에 부착된 칼날이다.

쉬익! 쌔애액!

현사임의 권각비술은 놀라울 정도였다. 그녀 혼자서 잘 훈련된 해병대원 백 명을 불과 10분 안에 쓰러뜨릴 수 있을 만한 실력이다.

선우는 길게 끌 생각이 없었다.

그는 현사임의 공격을 이리저리 피하다가 빈틈을 노리고 옆구리에 짧게 주먹을 꽂아 넣었다.

퍽!

"헉!"

그 한 방에 현사임은 몸이 옆으로 붕 날려갔다가 바닥에 패대기쳐졌다.

쿠다다닥!

"끄으으……."

그녀는 풀 더미 옆으로 쓰러져 뻣뻣해진 몸을 부들부들 떨면서 괴로워했다.

그녀는 선우의 주먹 한 방에 갈비뼈가 부러지고 내장이 자리에서 이탈한 것을 느꼈다.

선우는 천천히 걸어서 그녀 앞에 섰다.

"얌전하게 굴면 살려주겠다."

그는 현사임을 생포해서 마현가에 대해서, 그리고 무엇 때문에 북한을 돕는 것인지 알아내고 싶었다.

현사임이 독한 눈빛으로 선우를 노려보았다.

"제법 강하지만 본가의 실력자들에 비하면 너는 아직 햇병아리다. 우리가 여기에서 죽는 것은 느티나무에서 나뭇잎 두 장 떨어지는 것에 불과하다."

"누가 죽인다고 그랬느냐?"

현사임의 얼굴이 잔뜩 찌푸려졌다.

"살려서 치욕을 줄 속셈이냐?"

선우는 현사임과 말씨름할 생각이 없었다.

그가 공신기를 일으키려고 할 때 현사임이 갑자기 상체를 조금 일으키면서 입을 크게 벌리고 그에게 침을 뱉었다.

촤아악!

그런데 침이 아니다. 푸르스름한 분무가 마치 스프레이를 뿌리듯이 선우에게 쏟아졌다.

공신기를 일으키려던 선우는 즉시 막을 쳤다.

파아앗―

푸르스름한 분무는 막에 부딪쳤다가 퉁겨져 바닥에 떨어졌는데 거기에 닿은 풀들이 금세 새카맣게 타들어갔다.

현사임에게도 뿌려졌지만 그녀는 옷만 타버리고 살은 말짱했다. 독에 면역이 됐기 때문이다.

츠으으으.

현사임이 독을 뿜어 선우를 해치려고 한 것이다.

"악독한……."

선우가 침을 주지 인쪽 어깨에 꽂혀 있던 권보연의 대검이 뽑혀서 허공으로 떠올랐다.

츅!

선우는 그걸 잡아서 그대로 현사임의 오른쪽 허벅지에 내리꽂았다.

푹!

"악!"

하지 말라고 했는데도 하면 즉시 응징해야 한다. 그러지 않으면 사람을 우습게 본다.

"아아……."

왼쪽 허벅지는 금탄이 관통했고, 오른쪽 허벅지에는 대검이 땅 깊숙이 꽂힌 현사임은 고통으로 얼굴을 일그러뜨렸다.

"더 해봐라."

선우가 굽어보면서 태연하게 말하자 현사임은 어금니를 악물고 그를 쏘아보았다.

사실 그녀는 몇 가지 더 비술을 발휘할 수 있지만 선우에겐 통하지 않을 거라고 생각했다.

괜히 어쭙잖은 꼼수를 부렸다가는 더 큰 고통을 당할 것만 같았다.

"주군!"

그때 저쪽에서 오영민이 부르면서 바람처럼 달려왔다.

오영민 뒤에는 재신팔정의 다른 일정주들이 따르고 있었다.

선우는 미사일 공격에 다친 부하들이 궁금했다.

"그들은 어찌 됐느냐?"

"병원으로 호송시켰습니다."

오영민은 다른 일곱 명에게 주위를 살피라고 명령했다.

오영민이 선우 옆에서 현사임과 기절한 현장곤을 둘러보면서 물었다.

"주군, 이들은 누굽니까?"

"현부일의 동생들이다."

"아……."

선우는 권보영이 있는 쪽을 가리켰다.

"저기에 권보영이 있다. 데려와라."

그는 현사임과 현장곤, 권보영을 보이지 않는 무형의 줄로 꽁꽁 묶어버렸다.

공신승(空神繩)이라고 하는 이것은 선우가 풀어주기 전에는 절대로 풀리지 않는다.

재신저에 돌아오는 길에 선우는 차 안에서 소희의 전화를 받았다.

―오빠.

"그래, 소희야."

소희는 선우를 불러놓고서 한동안 아무 말도 하지 않았다.

선우도 소희에게는 딱히 할 말이 없어서 그냥 가만히 있었다.

선우는 소희네 빌라 현관 안에서 그녀에게 키스를 하다가 실수를 하고는 그 이후로 연락을 끊었다.

선우가 소희를 생각하면 그저 미안함뿐이다. 그런 짓을 해놓고 선우가 먼저 전화를 해서 사과해야 하는데 공교롭게도 그때 이후부터 정신없이 바빴다.

소희는 선우의 전화를 기다리다가 지쳐서 전화를 했을 것이다.

"잘 있었니?"

―흑흑흑!

그런데 소희가 울음을 터뜨렸다.

선우는 깜짝 놀랐다.

"소희야."

―오빠, 저 죽을 것 같아요.

"왜? 무슨 일 있니?"

소희는 잠시 가만히 있다가 울먹이면서 말했다.

―제가 오빠한테 뭐 잘못한 거 있어요?

"아냐. 그런 거 없다."

―그런데 왜 연락도 안 하는 거죠?

"그건……."

―저 오빠 보고 싶어서 죽을 거 같아요. 요새는 사는 게 지옥이에요, 흑흑!

선우는 씁쓸한 표정을 지었다.

그는 요즘에서야 인생사 중에서 가장 어려운 것 중에 하나가 여자 문제라는 사실을 조금씩 깨닫고 있었다.

선우가 소희와 내일 만나기로 하고 전화를 끊자 기다렸다는 듯이 혜주의 전화가 왔다.

—삼촌, 두 가지 일이 있어.

웃통을 벗은 선우는 뒷자리에 앉았는데 왼쪽 옆자리에 재신팔정 중에 송일정주가 앉아서 선우의 어깨를 치료하고 있다.

재신팔정에는 여자가 둘 있는데 송일정주와 민일정주다.

"말해봐."

—미아 부모님이 왔어.

선우는 움찔 놀랐다.

"어디, 서울에?"

—응. 미아 일로 삼촌하고 상의하고 싶대.

"아······."

그렇다면 그 일은 피할 수가 없다. 미아는 이미 반신족으로서 선우의 여자가 됐으므로 앞으로 그녀가 걸어야 할 길은 외길이다.

미아는 스포그의 일원으로 살아가야만 한다.

그리고 그녀가 임신을 해서 선우의 아이를 낳는다면 신강가 사람이 될 것이고, 선우가 원할 경우에도 신강가의 여자가 될 수도 있다.

—그리고 삼촌, 신강사관에 들어가야 해.

그것은 기다리고 있던 일이다.

그는 재신이 됐으므로 태어나자마자 조부가 그의 급소에 꽂은 다섯 개의 금침을 이제 신강사관에 들어가서 제거해야 한다.

그에게는 도합 아홉 가지의 놀라운 능력이 있으며, 그동안 금침 다섯 개가 능력 다섯 가지와 본래의 힘 70%를 억누르고 있었다.

금침을 제거하면 그는 비로소 진정한 재신이 되는 것이다.

—신강사관에 언제 들어갈지는 삼촌이 정해.

송일정주가 선우의 어깨에 붕대를 감는 것으로 치료를 끝내고 공손히 고개를 숙이고는 치료 도구를 정리했다.

그녀는 선우를 치료하는 일이 아니었으면 그가 탄 차에 동승하지 못했다.

사실 선우의 어깨 상처는 치료하지 않고 놔둬도 하루만 지나면 저절로 낫지만 부하들을 걱정시키고 싶지 않아서 치료하도록 놔두었다.

—언제 들어갈래?

선우는 잠시 생각하다가 대답했다.

"열흘 후에."

—어디 갈 생각이야? 아니면 할 일이 있어?

"집에 다녀올 생각이야."

혜주는 잠시 침묵하다가 말했다.

—알았어.

"미아 부모님은 어디에 계시지?"

혜주는 미아 부모가 묵고 있는 호텔을 알려주었다.

—언제 만날 거야?

"지금 갈게."

—알았어. 그쪽에 그렇게 말해놓을게.

"혜주야."

—응?

"미아 부모님, 네가 불렀니?"

운전하고 있는 오영민과 뒷자리의 송일정주는 선우와 통화하고 있는 '혜주'가 팔대호신가의 민영가주라는 사실을 알고 있었다.

불이 환하게 밝혀진 서울 시내의 어느 호텔에 선우가 들어서고 있다.

권보영과 현사임, 거기에 현장곤까지 제압해서 소포그의 비밀 장소로 보내놓았기 때문에 선우는 마음이 무척 홀가분한 상태였다.

"삼촌."

미리 기다리고 있던 혜주가 다가왔다.

선우와 깊은 관계를 맺은 혜주지만 공적이든 사적이든 그런

것에 대한 티는 조금도 내지 않는다.

"이쪽이야."

혜주가 손짓하며 앞서 걸었다.

언제나 최상의 커리어 우먼다운 옷차림인 혜주는 이곳 호텔 로비에서도 많은 사람의 이목을 한 몸에 받았다.

또각또각.

키가 크고 늘씬한 그녀가 하이힐 소리를 울리면서 걷는 뒷모습을 선우는 물끄러미 응시하며 따라갔다.

걸을 때마다 탐스러운 엉덩이가 좌우로 살랑살랑 흔들리는 것이 매우 육감적이다.

문득 선우는 혜주에게 좀 더 신경 써야겠다는 생각이 들었다.

혜주는 호텔 커피숍의 어느 자리로 선우를 안내했다.

『상남자스타일』 5권에 계속…

초대형 24시 만화방

신간 100%, 샤워실, 흡연실, 수면실(침대석), 커플석, 세탁기 완비

■ 광명 광명사거리역점 ■

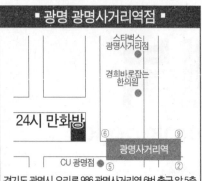

경기도 광명시 오리로 986 광명사거리역 6번 출구 앞 5층
02) 2625-9940 (솔목타워 5층)

■ 강북 노원역점 ■

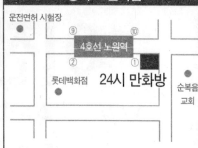

서울 노원구 상계동 340-6 노원역 1번 출구 앞 3층
02) 951-8324 (화용빌딩 3층)

■ 일산 정발산역점 ■

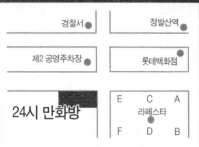

라페스타 E동 건너편 먹자골목 내 객잔건물 5층
031) 914-1957

■ 일산 화정역점 ■

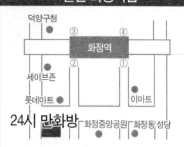

경기도 고양시 덕양구 화정동 984번지 서일빌딩 7층
031) 979-4874 (서일사우나 건물 7층)

■ 부천 역곡역점 ■

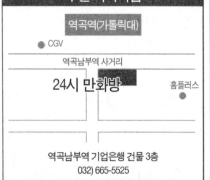

역곡남부역 기업은행 건물 3층
032) 665-5525

■ 부평역점 ■

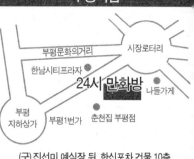

(구) 진선미 예식장 뒤 한신포차 건물 10층
032) 522-2871